Denjenigen gewidmet, die sich
– sollte es einmal nötig sein –
um mich kümmern werden

Bibliografische Information der Deutschen Nationalbibliothek

Die Deutsche Nationalbibliothek verzeichnet diese Publikation in der Deutschen Nationalbibliografie; detaillierte bibliografische Angaben sind im Internet unter http://dnb.d-nb.de abrufbar.

Informationen zu unserem gesamten Programm, unseren AutorInnen und zum Verlag finden Sie unter: www.mabuse-verlag.de.

Wenn Sie unseren Newsletter zu aktuellen Neuerscheinungen und anderen Neuigkeiten abonnieren möchten, schicken Sie einfach eine E-Mail mit dem Vermerk „Newsletter" an: online@mabuse-verlag.de.

2. Auflage 2012

Kasseler Str. 1 a
60486 Frankfurt am Main
Tel.: 069 – 70 79 96-13
Fax: 069 – 70 41 52
verlag@mabuse-verlag.de
www.mabuse-verlag.de
www.facebook.com/mabuseverlag

Lektorat: Sonja Siegert, Köln
Satz: Björn Bordon/MetaLexis, Niedernhausen
Umschlaggestaltung: Karin Dienst, Frankfurt am Main
Umschlagfoto: © Kathrin Pläcking, Freiburg i. Br.

Druck: fgb • freiburger graphische betriebe, Freiburg i. Br.
ISBN: 978-3-86321-014-4
Printed in Germany

Kathrin Pläcking

Erste Wahl

Ein Zukunftsroman,
der niemanden nichts angeht

Mabuse-Verlag
Frankfurt am Main

Prolog 2032

Bo-den-lose! –, so eine Bo-den-lose! Bloß raus hier, aber schnell! Tiefer gesunken geht wohl nicht.

Sie beugt sich vor in dem tiefen, weichen Sessel, der ein Verhängnis ist, beugt sich weit vor, stützt sich an den abgegriffenen Armlehnen, ihre Füße werkeln wie Fische an Land. Diese Person hat sie in den Sessel geschmissen, so eine Bo-den-lose! Damit sie nicht wieder rauskommt, aber die kennt Susanne Helbrich nicht, Susanne Helbrich, geborene Sowieso. Sie kommt da schon raus. Löwenherz. Mit ihr macht man das nicht. Nach vorn rutschen im Sessel, die Füße richtig und jetzt hoch. Stehen. Mit ihr nicht. Irgendwo ist Halt, rückwärts an den Armlehnen, das Zeitungstischchen, das kann sie erreichen. So eine bo-den-lose Frechheit, diese Person.

Mit den Fingerspitzen reicht es, das Tischchen, siehst du wohl, eine geborene Loewe! Und jetzt kantapper, kantapper. Schön langsam.

Wo ist das hier? Ist es ihr Wohnzimmer? Ja, da ist der dicke dunkle Schrank, immer schon und mit Uhr obendrauf. Eine Uhr ist das wohl, aber eine Zeit kann sie nicht mehr. Auf dem Tisch steht eine Vase. Mit einem traurigen Schicksal drin. Und liegt ein Zettel in großer Schrift. So rum wie so rum, auf dem Kopf steht es immer:

„Tatata sowieso 19. 6." Naja, das geht sie nichts an. Sonst nichts los hier? Ist niemand da? Da war doch diese Person. „Hallo!" Diese Frau. Manchmal diese, manchmal eine andere. Mal so, mal so. Ein Zettel. Irgendwas mit 19. 6. steht da, aber das geht sie gar nichts an.

Alles andere ist aber ihrs, der runde Tisch. Hinter der Tür ist auch ihre Wohnung, eine Küche zum Beispiel, ein Stock wäre gut. Kein Stock da? Ohne Stock, das ist so eine Sache. Eine Sache für schmale Augen, aufgepasst, ohne Stock, das macht sie nicht gern. Bis zur Türklinke soll es wohl so gehen, geht auch, geht ja schon, ach, da geht es nicht, ach, es geht nicht gut, geht nicht mehr, jetzt … die Kante! Weh! Sie fällt, es schreit. Es fällt.

2018

Laura überließ sich zum siebten Mal in diesem Monat der paradiesischen Vorstellung zu kündigen. Auf dem Absatz. Dabei war heute erst der Vierte. Vierter Dezember 2018. Und so früh, stockdunkel. Sie stand am Gleis 3, gleich würde sie in den Zug steigen, der sie nach Freudigenstadt brachte, und wenn sie nach der Frühschicht aus dem Altenheim rauskäme, würde sie sich wieder sagen, dass sie, wenn sie nicht kündigte, bald vor die Hunde ginge.

Der Zug fuhr pünktlich, Laura fuhr mit. Und blieb in Freudigenstadt nicht etwa geschlossenen Augs sitzen und fuhr vorbei und vorbei ist's. Sie stieg aus und ihr Blick zum Himmel. Dieser Tage stand der Mond morgens hell über der Welt und sagte ihr leise was von Zuversicht, die sie gleich brauchen würde. Laura fahndete nach den ersten Takten des Chorals, den sie vorhin wie ein Medikament zum Frühstück zu sich genommen hatte. Sie tat, was sie konnte, um ihr Herz zu festigen. Sie hatte es mit Dankbarkeit versucht, ja sogar Demut, was immer helfen könnte gegen die Schwere in Herz und Mundwinkeln. Gegen das Verzagen.

Vor sich sah sie schon den blauen Flur mit seinen neun blauen Zimmertüren, hinter denen in ihren Betten die neun Menschen lagen, die sie mit Namen kannte und auch intimer. Die sie alle zum Frühstück im Speisesaal haben sollte, gewaschen, versorgt und angezogen. Wenn das klappen sollte, musste jeder Handgriff gleich sitzen, zügig, fraglos. Ihr Drängen musste unauffällig sein, jedes Wort wirksam, ihr Lächeln dienlich fürs Geschwind, für den rituellen Wasch- und Wäschetanz. Nöten würde sie seifenglatt begegnen, sowohl den frischen, brennenden als auch den immerselben, vertrockneten. Träume musste sie unterbrechen, Realitäten vertreten, und nichts Neues sollte sie rühren und aufhalten. Bis allerspätestens halb zehn hätte sie alle geschafft.

Sie stöhnte, weil das Arbeitsprogramm in ihrem Kopf schon anlief, obwohl sie noch in Zivil war und privat mit ihrem Mond. Wie ging noch der Choral? Insulin für Herrn Krumertz und Frau von Galten, damit fing jeder Morgen an, bei dreien Gummistrümpfe anziehen, einmal Beine wickeln. „Wie der Hirsch schreit nach frischem Wasser", so ging der Choral. Bei Krumertz Verbandswechsel linke Ferse, die war offen, dann die Insulinfrühstücke aus der Küche holen, nüchtern Thyroxin für Frau Braun. Frau Braun auch duschen, es jedenfalls versuchen, mal sehen, ob sie das heute mit sich machen ließ. „Nein, nein und noch mal nein!", hatte sie gestern gefuchtet und sich am Bett festgehalten mit einer Kraft, der Laura doch gar nichts entgegenzusetzen vorhatte. „Liebe Frau Braun", hatte sie zu ihr gesagt, doch die liebe Frau Braun hatte Lauras seidige Validation unverzüglich gekontert, indem sie ihr vor die Füße spuckte, nicht mit richtig viel Spucke, aber scharf, tppph.

Das war gut gewesen. Laura hatte grinsen müssen und wusste für einen Moment wieder, warum sie Altenpflegerin war, sogar 14 Jahre lang schon: wegen genau dieser Art unmissverständlicher Kundgabe, zu der manche Alte wieder fähig wurden.

Sie hatte sich neben Frau Braun auf die Bettkante gesetzt und gesagt: „Frau Braun, ich will Sie überhaupt nicht duschen!" Misstrauisch hatte da Frau Braun ihr das verbissene Gesicht zugedreht. Laura wusste die Argumente gegens Duschen: „Man wird schließlich nur nass und eiskalt und es ist überhaupt nicht nötig, stimmt's?"

„Haben Sie's endlich kapiert?"

„Schon lange. Darf ich Sie trotzdem morgen wieder fragen?"

„Fragen kostet nichts."

Frau Braun war gestern unbehelligt trocken geblieben und Laura hatte dadurch ein bisschen mehr Zeit für Herrn Sternbichler gehabt. Denn der … ja, man konnte es zwar nie sagen, man sollte es nicht – Laura blickte zum Dezembermond, der genau über dem Kreisverkehr zu stehen schien –, aber in Herrn Sternbichlers Augen hatte Laura in den letzten Tagen ein ganz kleines, fernes Leuchten und eine helle Verwunderung wahrgenommen, und sie hatte sich gern still neben ihn gestellt und diesen Augenblick erwidert, denn mit Worten war da nicht viel zu machen. Nur einen absichtslosen Moment lang für ihn einstehen mit leeren Händen und nichts im Sinn, das war schon gut.

Medizin- und pflegetechnisch wurde selbstverständlich alles für Herrn Sternbichler getan, Haus Sonnabend war auf dem höchsten Stand: Blutdruck, Magensäure, Körpergewicht, Eiweiß, Zucker, Nitrit, alles im Griff. Beine wickeln, Lymphdrainage, Wundversorgung, Augenhintergrundkontrolle, Schmerzprotokoll. Experten-Standard EU-ISO 2015, Haus Sonnabend hatte einen blendenden Internetauftritt.

Frau Bamberger. Die hatte die letzten drei Tage keinen Stuhlgang gehabt, sie musste in der Dokumappe nachgucken, ob sie nachts hatte, oder die Nachtwache fragen. Was sie vergessen könnte, denn die Nacht hatte Hong gemacht und der redete halt- und fraglos in seinem schweren Deutsch, da fiel ihr nichts mehr ein, aber reden musste er ja, wo er 47 pflegebedürftige alte Menschen bewacht hatte in der Nacht, das ganze Haus.

Laura ging quer durch den dunklen Kreisverkehr, sie stellte sich vor, sie kündigte. Sie würde drei Tage nur schlafen oder aus dem Fenster gucken. Vielleicht morgens immer noch um fünf Uhr aufstehen, aber nicht zum Bahnhof radeln. Sie würde auf den Moment achten, wo es 5:35 ist, und sich dann langsam, in Zeitlupe – n i c h t vom Stuhl erheben. Schön spüren, wie sie sitzen bleibt. Badetücher mitnehmen zu Frau Braun, falls die doch duschen will. Und Lotion aus dem großen Bad.

Frau von Galten hatte ihr gestern beim Haarebürsten erzählt, dass sie früher C-Flöte gespielt hätte, und bei „C“ waren ihre Augenbrauen entzückt in die Höhe gegangen. Laura hatte ihr deshalb nachmittags im Internet eine gebrauchte Moeck gefunden. Ob sie damit noch zurechtkäme? Laura seufzte, die zehn Minuten Laura-und-der-Mond waren vorbei. Sie hatte sie so schlecht genutzt wie jeden Morgen. Sie war nicht vorbereitet für das, was sie erwartete. Haus Sonnabend, ein christliches Haus. Ihr achter Frühdienst in Folge. Der Choral klemmte zwischen den Zähnen. Wenn sie gleich den Duft auf Station röche,

Gutenmorgen brummte, die Nachtwache hörte und das skeptische Quäntchen kollegialer Solidarität in den Gesichtern fände, dann würde sie schon reinkommen in den Takt, auch diese Arbeit hatte ja einen Rhythmus.

Hong war noch nicht im blauen Flur angelangt mit seiner Übergabe, als das Telefon klingelte. Das war das Allerschlimmste! Telefon am Morgen bedeutete Katastrophe, jemand war krank, meldete sich ab, drei Flure für zwei Kolleginnen, das Aus für Fingernägel, Duschen und Flöte. Aber der Frühdienst war ja komplett da. Es war Irene, die heute Spätdienst haben sollte, sie sei krank, gehe gleich zum Arzt. Da fiel sie also heute Nachmittag aus, wer würde einspringen? Wer aus dem Frühdienst könnte bleiben, wenn sich kein Ersatz fand? Die Solidarität vereiste in den Mundwinkeln. Petra war Schwester vom Dienst, sie musste jetzt telefonieren, die anderen packten ihr Insulin, ihre Spritzen, ihre Medikamente, Laura nahm gleich zwei Dulcolax, für wen noch mal?

Es wurde viertel vor zehn, bis sie fertig war im blauen Flur, es ging nicht wie geschmiert. Frau von Galten war schwindelig gewesen, Laura hatte ihr gar nichts von der C-Flöte erzählt. Die Frühstückspause war zum Ersticken, denn es hatte sich niemand gefunden, der für Irene käme. Nur Laura hatte keine Kinder. Laura musste nicht heim. Laura würde also bleiben.

Wagen auffüllen, Waschbecken desinfizieren, Toilettengänge. Wäsche verteilen. Laura balancierte zwei Stapel Unterwäsche von Frau von Galten ins Zimmer 314. Drückte mit dem Ellbogen auf den kleinen Knopf in Türnähe, damit das grüne Licht über 314 leuchtete und man wusste, wo man sie fand, Laura, die Pflegekraft. Die Bewohnerin saß in ihrem einzigen eigenen Möbelstück, das im Zimmer Platz hatte, dem Sessel. Ob sie eigentlich gern noch mal eine Flöte hätte, fragte Laura sofort, nachdem sie sie begrüßt hatte, und versuchte, die Augenbrauen auch so hoch zu ziehen wie gestern Frau von Galten.

„Eine C-Flöte?"

„Ja, Sie können doch Flöte spielen, oder?"

„Woher wissen Sie das?“

„Gestern kamen wir drauf, ich weiß auch nicht wie.“ Kein Platz für Unterhosen auf dem Tisch, helle Buche, abwaschbar, alle hatten diese praktischen quadratischen Tische in den Zimmern. Laura zog die Schranktür mit dem Fuß auf.

„Stimmt, ich habe als Kind eine C-Flöte gehabt.“

Laura schielte nach den Augenbrauen, ja: Hohes C. Und ein sich anbahnender Zauber in ihren Augen. Laura hielt einen Moment inne, die Unterhosen im Arm: Da war eine kleine, kleine Sache, die Lotte von Galten, 86 Jahre alt, in der Ferne zu sehen schien.

Im Schrank war es unordentlich. Auf geheimnisvolle Weise hatten sich Pullover, Jogginghosen und Windeln im gesamten Schrank ausgebreitet, es war immer so voll hier. Laura verschaffte sich nachdrücklich Platz. „Haben Sie's in der Schule gelernt?“ Jetzt waren die Wollsachen alle hinten, das ging auch nicht. Man hätte mal generell Ordnung schaffen müssen in den Kleidern hier. Das Kaputte und das Eingelaufene wegschmeißen. Vieles lief ein. Und vielleicht fand man in den Hintergründen sogar mal was anderes als die ewig vierselben Pullöverchen, Baumwollstrick, in denen Frau von Galten zu erscheinen pflegte im Sessel, zum Frühstück, im Frühling und an ihrem gesamten letzten Sonnabend.

„Meine Mutter hatte ein Fagott“, sagte die alte Frau aus der Tiefe ihrer Erinnerung. Es fiepte in Lauras Kitteltasche. Der Pieper. „'tschuldigung.“ Claudia war es, die Windellieferung war gekommen, ob Laura ihr helfen könne, die Kartons ins Regal zu stellen. Laura machte die Schranktür zu, kniete sich neben Frau von Galten, nahm ihre Hand. „Jemand braucht mich.“ Das zerknitterte Gesicht senkte sich langsam zu ihr. „Tut mir leid“, sagte Laura und führte Frau von Galtens dünne Hand an ihren Mund, hob einen Blick in die Fagottaugen. „Ich hole Sie zum Mittagessen, okay?“ Nach dem Mittagessen, sie hatte nach rechts und links den Herren Siebert und Friedrichsen Essen eingegeben, gut getrunken, Friedrichsen, 200 ml Wasser, und Suppe, auch 200 ml, nahm sie sich die Dokumentationsmappen vor. Sie kam nie während des Vormittags zum Eintragen und mittags hatte sie mindestens die Hälfte vergessen. Sie kramte die Handvoll Zettel aus den Kitteltaschen, auf denen sie Blutdrücke, Zuckerwerte, Einfuhrmengen und Temperaturen notiert hatte, sie tat, was sie konnte. Nach einer Stunde war sie schon fertig, mit dem Gefühl, mehr Unsinn geschrieben zu haben als sonst. Wenn sie kündigte … sie könne ja eine Stunde Mittag machen, sagte Petra. Den Kaffee werde eben der Zivi allein in die Zimmer verteilen müssen. Wo könne sie denn Mittag machen? Im Stationszimmer.

Am späten Nachmittag dieses 4. Dezember 2018 fing es an zu regnen. Der Regen pitschte auf die Fenstersimse, die nach Westen gingen. Anton Sternbichler, 87 Jahre, saß in Zimmer 317, blauer Flur, in seinem persönlichen Sessel vor einem Tablett mit vitaminhaltiger Gemüsesuppe (220 Kalorien), Käseschnittchen (175 Kalorien) und Tee (200 ml). Er musste den Regen gehört haben und gesehen, wie sich die glitzernden Tröpfchen an der Scheibe Wege bahnten, und vielleicht dachte er an Weihnachten in Hamburg und wie 1953 sein allererster Vorhang fiel. Herr Sternbichler war womöglich ein kleines bisschen dement, litt an einer Gehbehinderung dritten Grades nach Health-ISO 2018 und war früher Schauspieler gewesen – in den ersten zwei Jahren seines Aufenthalts im Haus Sonnabend hatte er die Pflegerinnen und Pfleger mit fantastischen Erinnerungen an seine Auftritte amüsiert. „So grenzenlos ist meine Huld“, sagte er immer, wenn er den Damen Karamellen schenkte.

Dann waren ihm trotz ausgezeichneten Qualitätsmanagements und Zertifizierung des „Sonnabend“ nach EU-ISO 2015 zwei Hirnschläge passiert. Der erste hatte ihn halbseitig gelähmt, der zweite seiner Sprache beraubt. Sein Weitwinkelbühnenlächeln war auf eine Gesichtshälfte reduziert und wurde mit der Zeit wehmütig. Nein, gar nicht wehmütig, Laura fand das nicht. Es schien ihr nur weniger das Lächeln des Schauspielers zu sein als vielmehr das eines Regisseurs, eines Theaterbesitzers, eines ruhmreichen Literaten. Laura nahm dergleichen im Vorbeieilen aus dem Augenwinkel wahr, aber erst recht, wenn sie Herrn Sternbichler morgens aus dem Bett half. Man sagte „aus dem Bett helfen“, obwohl es ein Herausholen war, gutenmorgenherrsternbichler, Decke vom Bett, wiegeht's?, sie beugte sich über ihn, dachte kurz an Kinästhetik, die sanfte Hilfe zu Selbstbewegung, und brachte den alten Anton Sternbichler mit einem entschiedenen Dreh auf die Bettkante zu sitzen. Die rutschfesten Pantoffeln an die baumelnden Füße, Knöpfe vom Schlafanzug aufknöpfen, heutehaarewaschenherrsternbichler? Der schüttelte den Kopf mit bedauernden Brauen. So ging es jeden Morgen, aber neuerdings war da dieses kindliche Erstaunen in seinen Augen, das Laura traurig und feierlich stimmte.

An diesem regnerischen Spätnachmittag musste Anton Sternbichler während des Regens, der unablässig fiel, seiner drittgradigen Gehbehinderung zutrotz den Teewagen mit dem Tablett, von dem er nichts verzehrt hatte, zur Seite geschoben, sich allein aus seinem Sessel erhoben und in Richtung Fenster bewegt haben. Dabei mochte er über seine Füße gestolpert sein oder, des Stehens und Gehens seit Langem entwöhnt, einen Kreislaufkollaps erlitten haben, jedenfalls schlug er der Länge nach hin und zog sich die Verletzungen zu, die noch in der folgenden Nacht zu seinem Tode führen sollten.

2019

Der Richter fragte Laura, als es nach Monaten zur Verhandlung kam, was sie denn glauben gemacht habe, Anton Sternbichler wolle sich aus dem Fenster stürzen, woraufhin Laura nachdachte, wie sie sein über ein großes Publikum schweifendes Lächeln beschreiben könnte. Und dass dieses Lächeln seit geraumer Zeit ausgeblieben war. Und weil es ihr zu schwierig dünkte, nahm sie doch das Wort „wehmütig". „Da hätten Sie eine Bedarfsmedikation verabreichen sollen", wusste der Staatsanwalt und wedelte mit der Dokumappe. „Seit seinem zweiten Schlaganfall litt Herr Sternbichler gelegentlich unter depressiven Verstimmungen. Hier ist es aktenkundig!" Sie wiederholte dann vor Gericht die Worte, die sie ziemlich gut verstanden hatte, als sie um 19:32 Uhr den vor dem Fenster zu Boden Gestürzten vorfand, sich über ihn beugte, seine Stirn streichelte und laut „Herr Sternbichler!" rief. „O happy dagger." Das deutlich verstanden zu haben, war Laura zu schwören bereit, denn Anton Sternbichler habe es mit seiner seit langem nicht mehr vernommenen feierlichen Theaterstimme gesagt, und etwas, das wie „This is my Schießarrest, and let me die!", geklungen hatte. Nein, ihr war in dem Moment nicht klar gewesen, dass das von Shakespeare und Julias letzte Worte waren, aber sie hatte trotzdem gewusst, dass Anton Sternbichler sich anschickte zu sterben. Deshalb hatte sie ihn ins Bett gelegt, mithilfe des Zivis hatte sie das nur geschafft, vor dessen Augen sie kurz drauf glaubhaft so tat, als telefoniere sie nach dem Notarzt, während sie den Hörer fest an ihr Ohr presste, damit das Freizeichen nicht zu hören war. Sie habe also absichtlich den jungen Kollegen getäuscht, wollte der Staatsanwalt wissen, was Laura sofort bejahte, was der Staatsanwalt notierte. Der Zivi ging bei Dienstschluss pünktlich heim und Hong, der wieder zur Nachtwache kam, erklärte sie, dass sie in die Nachtschicht eingearbeitet werden sollte. Laura blieb also die ganze Nacht auf der Station und richtete es so ein, dass nur sie zum Bett von Anton Sternbichler kam. Sie legte ihre Hand unter seine, befeuchtete seine trockenen Lippen, las ihm aus „Don Carlos“ vor, der auf seinem Nachttisch lag, und ihr Atem ging hauchfein, als Herr Sternbichler starb. Sie hatte die ganze Nacht genau gewusst, was sie tat, obwohl es ihr gleichzeitig so vorkam, als wüsste sie nicht, was sie tat, und es war ihr auch schlecht vor Angst. Warum machte sie das? Anton Sternbichler hatte gelächelt. Deshalb. Er hatte gesagt: „and let me die!“ Deshalb. Laura musste nicht weinen in der Verhandlung. Ob ihr denn nicht klar gewesen sei, dass sie das Leben des Bewohners gefährde, wenn sie ihn nicht in ein Krankenhaus bringe? Ja, das war Laura natürlich klar gewesen. Ob sie ihn womöglich ganz bewusst habe sterben lassen? Dazu mochte Laura nur nicken, aber sie musste laut „Ja“ sagen. Ob es ihr Leid tue? Da sagte sie nichts und schüttelte auch nicht mit dem Kopf und das wurde notiert und von ihrem gesenkten Kopf entstanden in den Journalistenbänken schnelle Skizzen. Es wurde zu ihren Gunsten der Umstand angeführt, dass sie wegen Krankheit einer Kollegin an diesem Tag doppelte Schicht gearbeitet habe und folglich erschöpft gewesen sein müsse. Auf „Strafminderung wegen vorübergehender, verminderter Schuldfähigkeit“ plädierte der Strafverteidiger. Aber da wehrte sich was in Laura: Keineswegs sei sie unzurechnungsfähig gewesen, das sei sie Herrn Sternbichler schuldig, sie sei 36 Jahre alt, ihr fehle nichts, ihr Englisch sei so schlecht nicht, als dass sie da was missverstanden habe, und außerdem habe sie das schon seit einer geraumen Weile gespürt, es an seinen Augen gesehen, die so seltsam weit waren, und sein Puls, bitte schön, wozu dokumentiere man denn den ganzen Scheiß, so hatte sie vor Gericht gesprochen, das war ungünstig, sein Puls und sein Blutdruck, die seien in den Tagen vor seinem Tod auffallend ruhig gewesen. „Ruhig“ hatte sie gesagt, woraufhin der Staatsanwalt fragte, wann und wo sie ihr Altenpflegeexamen gemacht habe. Die Verhandlung war insgesamt sehr erschöpfend gewesen. Erst gegen Ende 2019 kam der Urteilsspruch: ein Jahr und zwei Monate, womit sie wirklich Glück gehabt hatte, denn das wurde mit Bewährung verhängt.

Vorbestraft verließ Laura das Gericht und das Leben fühlte sich seltsam an. Sie, die sich einfühlsam dünkte, humorvoll und stoisch ehrhaft – Basisanforderungen für die Betreuung alter Menschen, vor allem mit Demenz –, durfte nicht mehr mitspielen. Niemand forderte sie mehr auf, stellte sie ein, begrüßte ihre Hilfe. Kolleginnen machten weiter, Vorgesetzte auch. Alte lebten und starben wie gehabt, alles ohne Laura. Sie ging wohl aufrecht weiter, ein bisschen wie ein Brett, so wie sie auch vor Gericht gestanden hatte. Sie fühlte Schuld und Stolz. Und diese Mischung musste ihr aus den Augen heraus strahlen, denn fast alle, mit denen sie zu tun hatte, Nachbarn, ehemalige Kollegen, der Liebste und am schlimmsten: die eigene Mutter, hielten scheuen Abstand zu ihr: Sie hatte einen auf dem Gewissen. Natürlich ging sie in Therapie. In ambulante Reha, psychisch und sozial. Ihr wurden Antidepressiva empfohlen und sie bekam eine Dokumappe, in der ihr Fall schön appetitlich dargestellt war, auf blassgrünen, blassroten und zartvioletten Formblättern nach ISO-EU-2020, ganz aktuell. Eine neue Arbeit sollte sie annehmen, was ihr denn gefiele? Ach, dachte sie, Altenpflege, und es ging kreuz und quer in ihrem Kopf rum, dass sie ja froh sein könne, nicht mehr unter diesen grausamen Umständen arbeiten zu müssen, aber doch war sie traurig. Sie würde was vermissen, sie hatte noch nie genau benennen müssen, was sie ihren Beruf so lieben machte.

Eines Tages lernte sie in der jobagency, Kat III, Schwerstvermittelbare, Enrico kennen, der neben ihr munter seine Daten in die Tastatur hämmerte und Laura mit despektierlichen, systemfeindlichen Sprüchen zum Lachen brachte. Er flog zwei Wochen später, weil seine Angaben vollends widersprüchlich waren und ihm „interaktive Manipulation von Datenerfassungssoftware auf dem Arbeitsmarkt“ vorgeworfen wurde, für ein halbes Jahr aus allen Bezügen raus, was ihn fröhlich Klage gegen die Agentur führen ließ.

Laura schien ihre Angaben getreulicher gemacht zu haben, jedenfalls wurde ihr eine Umschulung zur Teamassistentin verordnet und sie wurde vier Monate später in einer Stadt, in der niemand sie kannte, beim TÜV eingestellt. Ein Job, der frei von ideologischen Fallen zu sein schien, die kommende Unruhe im Land überdauern und ihr noch erhalten bleiben sollte, als prächtige Altersflecken auch ihre Handrücken zierten.

Enrico blieb an ihrer Seite.

2021

Anfang 2021 waren die Tatsachen nicht mehr schönzureden: Es gab sechs Millionen Pflegebedürftige, deren in die Höhe qualifizierte Pflege jährlich mehr Milliarden verschlang, als von der arbeitenden Bevölkerung in die Kassen eingezahlt wurden. Die Arbeitslosenzahl war konstant hoch, alle Bildungsreformen gescheitert, jede zweite Gemeinde bankrott.

Da rüttelten sich einige Leute im Land zu einer neuen Partei zusammen. Es waren die Fortschrittlichen aller politischen Gruppierungen und entsprechend nannten sie sich schlicht „Der Fortschritt". Sie parlamentierten nicht lange. Gesundheit, Bildung, Arbeitsplätze, alles sollte klar und staatlich sein, Umwege über Banken und Versicherungen gekürzt werden, einen Riesenhaufen Formblätter versprachen sie ins Altpapier. Eine Revolution! Enrico und Laura traten sofort dem Fortschritt bei. Laura freute sich, dass in der Altenpflege wieder viel mehr Zeit für Zuwendung frei werden würde, weil es keine Dokumentationspflicht mehr gab. Man solle sich ruhig wieder mündlich verständigen, das habe vor 50 Jahren ja auch geklappt, riefen die Fortschrittlichen. Laura rief auch. Bei der nächsten Wahl stieg die Wahlbeteiligung erstmals wieder auf über 70 Prozent und der Fortschritt bekam die absolute Mehrheit.

Laura bemühte sich sofort um eine Stelle in der Altenpflege. Sie freute sich auf Nachmittage mit C-Flöte, das langsame Löffeln von Suppe und Aufblitzen alter Geschichten. Aber sie erlebte eine Enttäuschung. Fachkräfte wurden in der Pflege, da sie nun vereinfacht war, gar nicht mehr eingestellt. Für einen kleinen Lohn kümmerten sich lauter fröhliche Asiaten um die Alten. Laura hätte gern mit Asiaten zusammengearbeitet, gerade bei Menschen mit Demenz waren ja Fröhlichkeit und Berührung sehr wichtig, da hätte sie noch was lernen wollen. Aber sie war nun mal examiniert und deshalb zu teuer! So blieb sie seufzend und mit ausreichendem Gehalt beim TÜV. Enrico konnte seine Stimme in der neuen Politik laut werden lassen und als Ende des Jahres ihr Sohn Kalle geboren wurde, glaubten sie sich mitten im Leben.

Zwei Jahre lang war der Fortschritt klar. Bis die Töne schärfer wurden, die Klarheit greller und 2023 das Gesetz kam.

2023

Laura starrt auf die Tischplatte, auf die Kalle mit ernstem Eifer Möhrenbrei verschmiert. Es ist diese Art blassgraue, abwischbare Tischplatte. Wenn man so genau hinguckt, wie Laura das jetzt tut, und sich dabei nicht rührt, sieht man, dass sie ein ganz feinkariertes Muster hat, diese Küchentischplatte. In Lauras Augenwinkel sitzt Kalle mit anderthalb und kann schon seinen Löffel halten. Sie weiß, dass er darauf wartet, dass ihn jemand lobt, weil er Späße macht. Er hat bereits zehn sehr schön gelb verschmierte Finger und arbeitet seinen Möhrenpamp geschickt unter Lauras Augen, aber die kriegt ihren Blick einfach nicht wieder raus aus dieser Tischplatte.

„Lies das", hat Enrico nur gesagt, als sie ihn gefragt hat, wie es auf der Sitzung war. Und er hat ihr dieses Papier auf den Küchentisch gelegt:

Rentengesetz

§ 23 Höhe der Renten

(1) Die Auszahlung der Renten erfolgt in vollen und geteilten monatlichen Bezügen.
(2) Der monatliche Bezug ist einheitlich und unabhängig von Beitrags- und Zurechnungszeiten sowie der jeweiligen Beitragshöhe.
(3) Der geteilte Bezug entspricht dem halben vollen Bezug.
(4) Beiträge, die nach § 8 Abs. 4 PrivRVG in private Versicherungen eingezahlt wurden, privates Vermögen des Rentenempfängers oder Schenkungen an Rentenempfänger seitens dritter Privatpersonen entwickeln keine Wirkung auf den einheitlichen monatlichen Bezug.

§ 24 Beginn und Dauer der Rentenzahlung

(1) [1]Die Auszahlung des vollen Bezugs erfolgt ab Vollendung des 70. Lebensjahres. [2]Die Auszahlung des vollen Bezugs endet mit Vollendung des 75. Lebensjahres des Rentenempfängers.
(2) [1]Die Auszahlung des halben Bezugs erfolgt ab Vollendung des 75. Lebensjahres des Rentenempfängers. [2]Die Auszahlung des halben Bezugs endet mit Vollendung des 85. Lebensjahres. [3]Bei Vollendung des 85. Lebensjahres werden einmalig 3 volle Bezüge gewährt. [4]Der Anspruch auf Leistungen aus der Rentenkasse und auf Leistungen aus den gesetzlichen Gesundheitskassen gemäß §§ 13 und 14 GesVG erlischt mit der Vollendung des 85. Lebensjahres.

(3) Es erfolgt eine tagesgenaue Berechnung für den Übergangszeitraum von vollen zu geteilten Bezügen.

§ 25 Alternativzahlung zum geteilten monatlichen Bezug

(1) [1]Mit Vollendung des 74. Lebensjahrs hat jeder Rentenempfänger die Möglichkeit, anstelle der Bezüge nach § 23 die einmalige Zahlung von 100 vollen Monatsrenten zu beantragen. [2]Eine Bewilligung der Alternativzahlung ersetzt jeden Anspruch auf Bezüge gem. §§ 23(2) und 24(2) und Ansprüche auf Leistungen aus den gesetzlichen Gesundheitskassen gemäß §§ 13 und 14 GesVG.

Strafgesetzbuch

§ 211 Selbsttötung

Es besteht keine grundsätzliche Pflicht zur Verhinderung von Selbsttötung.

§ 216 Tötung auf Verlangen

Wer dem ausdrücklichen und ernsthaften Verlangen eines Rentenbezuglosen nach § 24 RGB (2) zur Tötung nachkommt, begeht kein Strafdelikt im Sinne des StGB.

Sie hat's gelesen. Dann schimpft sie mit Kalle wegen der Sauerei, die er veranstaltet. Dann muss sie es noch mal lesen, weil sie überhaupt nichts verstanden hat. Weil sie blinzeln muss, um ihre Konzentration nicht zu verlieren. Es liest sich so steril, aber irgendwas ist faul. Einheitliche Rente für alle, daran haben sie schon lange gedacht. Auch um eine nochmalige Erhöhung des Renteneintrittsalters würde man nicht herumkommen. Aber da ist noch etwas. Etwas, das ihr das Gefühl gibt, eine Milchwolke lege sich auf ihren Verstand.

Jetzt hat sie es viermal gelesen, jetzt hat sie es verstanden.

„Wie konnte das passieren?", fragt sie leise und hebt den Kopf zu Enrico. In dessen Gesicht sieht sie zum ersten Mal, seit sie ihn kennengelernt hat, eine blasse Sprachlosigkeit. Er ist doch so ein Frecher, deshalb kann es ja nicht Angst sein, was er da trocken schluckt. Enrico hebt die Achseln, fast unbeteiligt. Laura kriegt enge, entsetzte Augen:

„Du hast das doch nicht gemacht?"

„Nein."

„Ist das ein Entwurf?"

Er nickt schwerfällig: „Ja. Ich hoffe, es bleibt einer."

„Wie konnte das geschehen?"

„Ist mir schleierhaft."

„Das wäre ja Mord, Mensch! Aufforderung zum Selbstmord, das können sie nicht machen. Es ist völlig wahnsinnig, Enrico, das geht doch nicht! Die Alten sollen sich reihenweise umbringen, das sagt das doch, oder?" Sie ist laut geworden. Kalle entfährt ein Glucksen. Er hält den Löffel in der Luft an und schaut zu seiner Mutter, macht sie endlich wieder Spaß mit ihm? Er blickt zum Vater, ist das Spaß, dass der in einer Tour mit dem Kopf wackelt?

„Was sagen die anderen dazu?", will Laura wissen.

„Ein paar haben protestiert", sagt Enrico müde.

„Ein paar?"

„Ja, Eberlein, Sofia und ich."

„Und die anderen?"

Enrico hat keine Spur Widerstand im Gesicht, Laura schaut zweimal hin, sie muss dieses Gesicht erst kennenlernen. „Sagten fast nichts."

„Was heißt das, fast nichts? Was haben sie gesagt?"

„Es sei zwar erschreckend, aber auch mutig, haben sie gesagt."

„Mutig?"

„Und konsequent. Es sei ja im Grunde die einzige Möglichkeit, der Überalterung beizukommen. Alle anderen Ideen seien doch nur Augenwischerei gewesen."

Kalle hat das Interesse an seinem Gemälde verloren, weil er den Möhrenbrei inzwischen superfein und kaum noch sichtbar auf der Tischplatte verteilt hat. Deutlich orange leuchtet es nur noch aus seinen Haaren. Er klopft mit dem Löffel gegen sein Schüsselchen, Laura versteht das Zeichen und geht zum Herd. Sie kratzt den Rest Brei aus dem Topf, spürt das Dicke, Farbige seiner Konsistenz, es tut wohl, ihn in Kalles Schälchen zu klatschen.

„Die Zukunft mit den Alten käme sowieso schrecklich, hat Siebert gesagt, da sei diese Regelung doch wenigstens deutlich und absehbar. Zum ersten Mal habe man sogar eine richtige Wahl." Enrico reicht Kalle seinen Löffel, der auf den Fußboden gefallen ist. „Tatsächlich hatte ich das Gefühl, als sei eine gewisse Erleichterung zu spüren. Kannst du das glauben? Fast so was wie eine Freude."

„Eine Freude?" Laura klebt das Wort zwischen den Zähnen. „Eine Freude?"

„Ja – oder eine Befreiung. So, als hätten wir die ganzen letzten Jahre Ideen ausgebrütet und Pläne geschmiedet, von denen niemand laut sagen mochte, dass sie utopisch sind. Und jetzt kommt endlich was, wovon glasklar ist, dass es funktioniert." Enricos Längsfalte auf der Stirn ist sehr tief und erschreckt Laura. Er ist ganz verlangsamt, er sieht etwas in einer Ferne. Laura glaubt, es ist tatsächlich Angst.

„Und du? Was hast du dazu gesagt?"

„Das, was du auch gesagt hast, dass es Mord ist. Aber da hättest du sie hören sollen, fast zerrissen haben sie mich. Sogar Eberlein meinte,

Mord sei es ja nun gerade nicht. Es werde doch niemand umgebracht. Und es sei halt effektiv nicht genug Geld da, um all den Alten ein langes, sorgloses Leben zu ermöglichen. Jedem stehe es ja frei, mit seinem Teil zu haushalten. "

„Mit seinem Teil!" Laura nimmt Kalle den Löffel weg. Kratzt den Möhrenbaatz zusammen. Will ihn ihm in den Mund schieben. Kalle dreht den Kopf weg, greift nach dem Löffel: „Hahm!" Laura lässt ihn.

„Wie viel bleibt denn da zum Leben? Bei ‚geteilten Bezügen'." Sie nimmt das Papier zur Hand, nun hat es auch einen Möhrenbreifleck. „‚Der geteilte Bezug entspricht dem halben vollen Bezug'", liest sie vor. „Und wie hoch soll der volle Bezug sein? Ist davon schon die Rede?"

„Siebert will was von 1500 gehört haben."

Laura steht auf, nimmt den Lappen vom Haken über der Spüle, macht ihn nass und reibt die ganze Möhrenkunst samt Künstler ab. Kalle dreht dabei den Kopf zu allen Seiten und brüllt.

„Dewieh-dewah-dewetzka", macht Laura und dazu eine verschrumpelte Nase. Kalle findet das Leben sofort wieder lustig.

„Von 1500 könnte man leben", sagt sie, „wenn man keine dicken Ansprüche hat".

Enrico ist aufgestanden und nimmt Kalle aus seinem Kindersitz. „Aber nicht von 750. Vor allem nicht, wenn man alt ist. Das ist Elend."

Kalle quietscht und versucht, Enricos Nase zu greifen. Der antwortet mit dem erwarteten Jaulen, aber er ist nicht recht bei der Sache. Kalle langt mit beiden Fäusten in seine Haare, da macht er „kleiner dicker Bär" mit ihm und muss doch ein wenig lächeln, weil Kalle aus vollem Halse gluckst und kichert. Am Ende der Vorstellung kann der kleine dicke Bär immer fliegen, und während Enrico seinen Jungen viele Male in die Luft wirft, spült Laura das Geschirr.

Enrico ging am nächsten Tag nicht zur Politik, am übernächsten mit Bauchweh und fortan mit permanenter Längsfalte auf der Stirn. Er war nicht mehr frech. Schon ein paar Tage, nachdem das Gesetz in Kraft getreten war, hatte er in einem bösen Brief erklärt, warum er an den

Regierungsgeschäften dieser Partei nicht mehr beteiligt sein wollte, und war zu Hause geblieben. Er war – was Laura schon gemacht hatte, als noch ein bisschen Möhrenbrei vom Vorabend in Kalles feinem dunklen Haar klebte – im Bürgeramt erschienen und hatte den Parteiaustritt abgegeben. Das musste man bei den Fortschrittlichen nämlich persönlich. Enrico war mit dem Fortschritt zum ersten Mal in seinem Leben *für* etwas gewesen, anstatt zu opponieren, und jetzt saß er da und fühlte sich betrogen, schmutzig und seiner besten Kräfte beraubt.

„Lass uns weg", war nun seine wiederholte Rede abends zu Laura, wenn er von seinen ausgedehnten Spaziergängen zurückkam.

„Wo willst du denn bloß hin?", entgegnete sie müde. Sie fühlte sich unbeweglich und antriebslos. Ein Kind, ein galoppierender Fortschritt und ein Ehemann mit Depression – sie nahm sich ihre Kraftlosigkeit nicht übel. Außerdem wollte sie nicht weg. Sie hatte für Kalle gerade einen Platz in der Eurhythmie-Kita bekommen, nach dem Mutterschutz ihre Stelle beim TÜV wieder angetreten und eine Stehlampe fürs Wohnzimmer gekauft. Sie wollte in ihrem Land bleiben, obwohl sie in den abendlichen Diskussionen mit Enrico eindeutig die schwächeren Argumente hatte. Auf der ganzen Welt könnten sie anständiger fürs tägliche Brot arbeiten als hier, knurrte er, und was wohl Kalle die Eurhythmie nütze, wenn er dafür keine alten Menschen zu Gesicht bekomme, und sie solle ihm doch weggehen mit ihrer Stehlampe! Weggehen tat schließlich Enrico. Er hatte die besseren Argumente.

2024

Wie gut, dass sie die Eurhythmie hatten. Kalles Vaterverlustgeschrei verwandelte sich nach und nach in ein sanftes An- und Abschwellen, er entwickelte eine grazile Art, mit Taschentüchern zu wedeln, und lernte viele hübsche Gedichte. Als Laura den Dreijährigen nicht mehr in die Luft werfen konnte, wollte er fortan selbst und allein fliegen. „Fliegen?", fragte Laura. „Meinst du, das kannst du?" – „Alles kann der Edle leisten", antwortete er daraufhin mit geweiteten Brustkorb, und bevor er sich vom Balkon der kleinen Stadtbauwohnung stürzte, setzte sich Laura mit dem jungen Piloten ins Cockpit des Sofas und gemeinsam hoben sie ab Richtung Italien, wo sie Enrico vermuteten, weil dort seine letzte Postkarte abgestempelt war.

Auch für Laura erwies sich die Kita als Gewinn: Unter den Eltern der eurhythmischen Kinder lernte sie Franziska kennen, die Großmutter vom kleinen Dominique. Sie hatten den gleichen Weg zur Kita. Franziska, der man eine Großmütterlichkeit nicht ansah, wirkte auf Laura streng und abweisend, und die Frauen wechselten nie mehr als ein „Guten Tag" miteinander, bis sie beide eines Morgens die Turnbeutel für die Jungs vergessen hatten, deshalb ohne die Kinder den eiligen Heimweg antraten, um sie zu holen, und vor plötzlich einsetzendem Regen in einen engen Hauseingang flohen. Zehn Minuten so aneinandergequetscht offenbarte Laura ihre alleinerziehende Notlage und Franziska erzählte von ihrem Pech, dass sie nämlich eigentlich vor einem Jahr ins Rentenalter hätte eintreten sollen, aber aufgrund des Gesetzes nun noch zwei weitere Jahre Lehramt auf sich zukommen sah. Dabei hatte sie sich doch ganztags um Dominique kümmern wollen, den ihre Tochter nur deshalb vor zwei Jahren zur Welt hatte bringen wollen, weil nach Ende des Mutterschutzes die Großmutter Zeit fürs Kind haben würde. „Und zu allem Überfluss", vertraute Franziska Laura an, „hat man bei meiner ältesten Schwester kürzlich Alzheimer festgestellt, und sie ist 74". Sie seufzte und wischte sich Wasser von der Wange, das aus ihren nassen Haaren getropft war. Ob die Krankheit oder das grenzwertige Alter ihrer Schwester die tropfende Frau mehr besorgten, konnte Laura nicht heraushören, aber beide Ereignisse zusammen waren jedenfalls kritisch und Lauras Mitgefühl und Hilfsbereitschaft stellten sich sofort ein. Ob sie die Schwester vielleicht mal besuchen dürfe, sie sei nämlich Altenpflegerin. Da trat trotz der gedrückten Stimmung im Hauseingang ein frisches Interesse in Franziskas Gesicht, und dass das ja der wunderbarste Zufall sei, sagte sie, womöglich könnte Laura, wenn es irgendwann mal nötig sei, hilfreich einspringen? Also wenn Susanne mal nicht mehr allein bleiben könnte und Betreuung bräuchte?

Als der Regen einen Moment nachließ, liefen die beiden Frauen ins Café Schnell gleich um die Ecke, Laura entschuldigte sich beim TÜV und Franziska rief in ihrer Schule an, wegen Halsweh. Man finde ja kaum noch Leute aus der Altenpflege, sagte Franziska und reichte Laura ein Taschentuch, weil auch ihr der Regen aus den Haaren troff. Stofftaschentuch, bemerkte Laura, frisch gebügelt. Schon streng, dachte sie, aber nicht abweisend. Nach einem fragenden Wechselblick zwischen dem verknüllten Tuch und Franziskas bejahenden Augen stopfte sie das Baumwolltüchlein umständlich in die knappe Tasche ihrer Jeans.

„Ich bring es dir gebügelt wieder“, sagte Laura und wollte wissen: „Was kann sie denn noch, deine Schwester? Anziehen, singen, Witze verstehen, lachen, allein zur Toilette gehen?“ Naja, das gehe noch ganz gut, sie sei wohl im allerersten Anfangsstadium. Man könne die Krankheit ja jetzt so früh erkennen, und der Test, den die Schwester habe machen müssen, sei enorm umfangreich gewesen.

Laura seufzte. „Diese Tests, die sie jetzt machen. Ich habe davon gehört! Schon fast wie eine Jagd, findest du nicht?“ Franziska hob vorsichtig eine Augenbraue und machte sich an ihrem Zuckertütchen zu schaffen. Laura versenkte sich tief in ihre Tasse und biss sich auf die Lippen. „Jagd“ war gewagt gewesen. Aber wenn Franziska jemanden suchte für ihre alte Schwester, konnte sie doch kaum gefährlich fortschrittlich sein. Sie rührten eine Weile in ihren Tassen herum, dann hoben sie vorsichtig die Köpfe und über dem Milchkännchen entwickelten sie sehr langsam ein fein vertrauliches Lächeln.

„Wie ist sie denn so, deine Schwester?", fragte Laura nun wieder mutig.

„Eigenwillig."

Laura lächelte.

„Hat sie Familie?"

„Keine eigene, aber wir sind fünf Geschwister."

„Finanziell geht's?"

„Wenn sie die halben Bezüge kriegt, wird es knapp, vor allem wenn wir eine Betreuung für sie brauchen."

„Helft ihr alle zusammen?"

„Ich hoffe", Franziska atmete tief ein und nahm einen Schluck aus ihrer Tasse. „Oh, ich hab' mir den ganzen Kaffee versaut", sagte sie, „ich mag ihn gar nicht mit Zucker".

Beim dritten Kaffee hatte Laura die Familienverhältnisse der Loewes grundsätzlich kapiert. Da war besagte Susanne, die älteste, die früher Logopädin gewesen und in die elterliche Wohnung zurückgekehrt war, um den Vater zu betreuen, der an Demenz erkrankt und 2009 gestorben war. Ruth war die zweite, Buchhändlerin und seit der Tanzschule mit Betty zusammen, wirklich eine ganz Liebe, sagte Franziska und machte eine nachdenkliche Pause. Markus gab's dann noch, den Verlässlichen und Polizisten, von dem Franziska mit straffer Hochachtung sprach und der Laura schon von Weitem viel zu strukturiert vorkam. Die Vierte war sie, Franziska, und schließlich war da noch Jens, von dem Franziska sagte, er sei ein Luftikus, auf den man sich nicht verlassen könne. Ein Egoist, ein verzogener Kerl, und Laura staunte, wie wenig kontrolliert die Frau Lehrerin auf einmal war. Und als sie wieder mit einem neuen Zuckertütchen zu spielen anfing, legte Laura ihre Hand auf Franziskas und sagte: „Du trinkst ohne Zucker."

Da lachte Franziska und Laura genoss eine kleine Vertrautheit. Doch auf einmal wurde sie still, denn sie erinnerte sich an Anton

Sternbichler und daran, was ihre Mutter deshalb immer noch von ihr hielt. Sie hätte es Franziska gern erzählt, ganz genau erklärt, dass ihre Hochachtung vor dem Leben die vor dem Tod nicht ausschloss. Dass sie deshalb aber keinesfalls das leichtfertige Sterbenlassen billigte und durchaus eine war, der man die Schwester anvertrauen konnte. Einen Moment lag ihr die Beichte auf der Zunge und die Absolution der gestrengen Franziska schmeckte bereits süß. Sie seufzte.

„Noch ist es nicht nötig", sagte Franziska, die gemerkt hatte, wie Laura nachdachte.

Nicht?, dachte Laura, nun gut, dann ist es noch nicht nötig.

„Bis jetzt reicht es, wenn wir Geschwister ihr ab und zu helfen. Und ich will dich auch nicht drängen. Nur wenn du es gern machst."

„Ja, ich mach' das gern. Frag mich ruhig, wenn ihr jemanden braucht."

Laura nickte, Franziska legte ihr die Hand an den Oberarm und drückte ihn, sodass es jetzt beschlossene Sache war, dass Laura, wenn es mal dazu käme, helfen sollte, Susanne zu betreuen.

Aber so weit war es noch lange nicht. Sie mussten erst noch zahlen, die Turnbeutel für die Jungen holen, ein paar Kinderkrankheiten überstehen, zwei heiße und zwei verregnete Sommer ins Land gehen lassen, bis Susanne Helbrich 2028 keinesfalls mehr allein bleiben konnte und Laura eine kleine Nebenbeschäftigung als private Altenpflegerin annahm.

2025

Nachdem seine lebenslange Suche nach schnellem Glück auch in Brasilien gescheitert war, er sich kurz in Autos und mineralischen Schmierstoffen in Mailand versucht hatte und in der Türkei mit Schnellkochtöpfen reingefallen war, hatte sich Jens Ferdinand Loewe einen schiefergrauen Anzug gekauft und ein Geschäftchen in Sansibar angefangen, was sich allerdings zäher entwickelte, als er gehofft hatte. Er glaubte, es müsse grundsätzlich ein anderes System her, damit auch er mal auf einen grünen Zweig käme, und deshalb war er nicht nur einverstanden, sondern begeistert gewesen, als vor vier Jahren der Fortschritt an die Regierung kam und einen neuen Anfang proklamierte. Das waren mal forsche Männer und Frauen, die die wesentlichen Fragen auch wesentlich beantworteten. Die mit dem Bürokratismus aufräumen wollten. Die um brennende Themen wie Rente und Krankenversicherung nicht herumeierten, sondern praktikable Lösungen hatten. Jedenfalls, wie immer seine Geschäfte die nächsten drei Jahre auch gingen, mit 70 würde er die Einheitsrente kriegen. 1500 im Monat. Das bedeutete keinen Reichtum, aber es war sicheres Geld. Seit der „Ersten Wahl", dem Gesetz gegen die Überalterung der Gesellschaft, war klar, dass dieser Zustand nur fünf Jahre währen würde, aber immerhin fünf Jahre, in denen er ohne Risiko versorgt sein würde. Tja, und dann, und das war genial, dann würde er das Geld nehmen, 150 Tausend, zahlbar auf einmal. Richtig viel Geld. Gesund war er noch. Und klar im Kopf. Er überprüfte das immer wieder mal, es gab diese Tests beim Bürgeramt, kostenlos, so oft man wollte. Alzheimer hatte er nicht. Krebs hatte er auch nicht.

Jens bekam Anfang November einen Brief von seiner Schwester Franziska. Irgendwie hatte sie seine Adresse rausgekriegt. Er freute sich nicht. Er war 67 Jahre alt, trug hübsch grau melierte Haare, hatte sich in Brasilien sehr gekonnt um eine Inhaftierung herummanövriert, aber seine Schwester Franziska, die nur drei Jahre älter war als er, brachte es mit einem kleinen Brief fertig, dass er sich blöd, hilflos und schuldig, kurz: wie als kleiner Junge fühlte. Das war ihm in seiner Familie immer wieder passiert, weshalb er sie seit Jahren konsequent gemieden hatte.

Lieber Jens – „lieber", da schnaubte er schon gleich –, ob er sich erinnere, dass im Dezember seine älteste Schwester Susanne Geburtstag habe? – Dieser Ton! und das heuchlerische Fragezeichen! – Nachdem er sich drei Jahre lang nur mit einer Ansichtskarte gemeldet habe – na immerhin! –, könne er doch mal wieder persönlich vorbeikommen. Susanne und auch Ruth (!) – das Ausrufungszeichen verstand er gar nicht – würden sich bestimmt freuen. Markus könne wahrscheinlich auch kommen. – Ob der sich auch freuen würde, schrieb sie nicht. Dass sie sich selbst freute, glaubte Jens keinen Moment. – Sie wolle sich mit ihm aber vorher treffen, sie habe ihm etwas Wichtiges zu erzählen, das müsse er wissen, bevor er Susanne treffe.

Das war gemein. Vor allem deshalb, weil es irgendwie anständig klang. Dass Franziska etwas von Susanne wusste, was er nicht wusste, mit Geheimnissen wedelte, machte ihn heiß. Na klar, es stimmte, er hatte sich lange nicht gemeldet, es war ihm lästig gewesen und er wäre lieber aus Brasilien heimgekommen im weißen Leinenanzug statt mit einem lebenslangen Einreiseverbot. Er hätte Susanne sogar gern was Tolles geschenkt, denn er hatte sie immer ziemlich okay gefunden. Nicht so zickig wie Franziska und nicht so lesbisch wie Ruth. Und Markus – ach, Markus war sowieso nie ein richtiger Kumpel gewesen.

Ja, Menschenskinder, er hatte sehr wohl an Susannes Geburtstag gedacht. Jedes Jahr, was ging Franziska das an. Nach dem Brief rief er sie sofort an, was es denn so Dringliches gebe, aber sie wollte es ihm persönlich sagen und, also gut, er stimmte zu. Und wo sollten sie sich treffen? In Darmstadt, da hatten beide eine gleich weite Anreise. Wann es ihm passe, fragte Franziska, und er nannte wahllos einen Termin, an dem er konnte. Irgendwie schien Franziska dieser Tag ungelegen, sie druckste herum, aber er bestand darauf, wenn sie ihm so unbedingt was sagen wolle, müsse sie sich schon nach ihm richten. Anscheinend war es wirklich wichtig, denn sie willigte ein.

Was mochte sie so hochnotpeinlich haben? Vielleicht hatte es mit der Ersten Wahl zu tun. Immerhin wurde Susanne 74. Vielleicht wollten sie alle miteinander beratschlagen, was sie mit dem Geld nächstes Jahr anfangen sollte.

Er sieht sie nicht gleich, als er ins Restaurant tritt, seine Augen über die Köpfe wandern lässt. Wie sieht bloß diese Schwester aus, die er sucht? Er weiß keine Haarfarbe mehr und kein Jackenmuster. Ob sie dicker geworden ist? Schließlich erkennt er sie daran, dass sie ihn schon eine ganze Weile ansieht. Er errötet, lässt einen Mundwinkel grinsen. Auch Franziska lächelt bemüht, als sie sich die Hand geben. Vor ihr steht eine leere Tasse. „Was magst du? Ich lad' dich ein. Auch Kaffee?"

Jens nickt ein gleichgültiges Danke. Er hat sich fest vorgenommen, so wenig wie möglich zu sagen.

„Ja, also, wir wollten noch mal alle zusammenkommen."

Aha, nickt Jens.

„Ruth hatte ja auch vor zwei Wochen Geburtstag. Markus hatte sich dafür freigenommen, und …"

„Ach, man konnte ihn tatsächlich im Präsidium entbehren?" Er beißt sich auf die Zunge.

Franziska schluckt am Rest ihres Satzes. „Na, ist jetzt auch nicht wichtig. Jedenfalls guckten wir alte Fotos und fanden, wir sollten mal wieder alle fünf zusammen sein."

„Wollte Susanne das?"

„Die braucht man gar nicht zu fragen, Susanne wartet doch immer auf dich." Das kommt bitter, und Franziska hat auch einen passenden Blick dazu. „Nein, es war Ruth, die sagte, wir sollten dich einfach mal bitten."

„Ach, Ruth?" Das erstaunt Jens nun wirklich. „Wieso hat sie mich dann nicht selbst angerufen?"

„Sie traute es sich gerade nicht zu, ist ja keine ganz kleine Sache, nach so langer Zeit. Sieben Jahre sind es, glaub' ich, dass du dich nicht gerührt hast."

„Ach, und da haben sie lieber dich auserwählt, das schwarze Schaf wieder einzusammeln?"

Jens hat seinen Kaffee ausgetrunken und bohrt seinen Blick in die geschäumte Milch von Franziskas zweitem Kaffee, den sie noch gar nicht angerührt hat. Er würde ihr gern das Kakaopulver runterlöffeln.

„Und was hat Susanne vor?"

„Wie, was hat sie vor?"

Jens will wissen, ob sie die Erste Wahl nehmen will, schluckt es aber runter. „Was sie sich so wünscht, mein' ich."

„Sie würde dich gern wiedersehen, das ist alles."

Sie lässt ihn kalt werden, den Kaffee. Jens kann sie nicht fragen, ob er ihn haben darf. Er dreht sich nach dem Kellner um. Vier gegen einen. Susanne warte immer auf ihn, hat Franziska gesagt. Also drei gegen einen. „Kellner!" Er winkt den Mann heran: „Einen Corretto." Er bellt ihn fast an.

Franziska senkt ihren Blick, entdeckt dabei ihren Kaffee und rührt den schönen Kakao unter die Milch. „Warum hast du dich so lange nicht sehen lassen?"

„Na, hatte ja wohl viel zu tun. Du nicht?"

„Das kannst du aber glauben. Ist kein Grund. Susanne hat dich vermisst."

Jens hat Susanne auch vermisst. Franziska soll die Klappe halten. Blöde Kuh. „Kellner!" Er wendet sich ab von seiner schlauen Schwester und wartet in den Saal, bis der Mann wieder erscheint. „Sind Sie so nett und bringen mir noch ein Glas Leitungswasser?" Diesmal klingt er entzückend, das dürfte Franziska gewundert haben.

Er grinst sie an, sagt nichts. Sie streicht sich ihre blondgrauen, langweiligen Haare aus dem Gesicht.

„Ich will mich wirklich nicht mit dir streiten, Jens, du hast dein Leben, und es war bestimmt nicht immer leicht."

Jens schaltet auf Standby, Franziskas einfühlsame Sanftheit war schon immer nur im Dämmern zu ertragen. Sie gibt Deutsch und Geschichte, hätte aber ohne Weiteres Therapeutin werden können. Sie würde ihm erklären, dass er eine schwierige Jugend und den frühen Tod der Mutter am schlechtesten von allen verkraftet hatte, dann hinterm Rücken hervorholen, dass Susanne ihm aufopferungsvoll die Mutter zu ersetzen versucht hatte, bis er immerhin 23 war, und dass es wohl irgendwann an der Zeit wäre, dass er erwachsen würde. Jens hält sich mit der Zungenspitze an dem Grappa in seinem Kaffee fest.

Es ist still.

Was hat Franziska da gesagt?

„Susanne hat Alzheimer?"

„Ja, letztes Jahr beim Gesundheitscheck haben sie es festgestellt. Wir hatten schon seit einer Weile den Verdacht, und seither ist es bestätigt."

Jens schweigt. Er war drei, als seine Mutter starb. Susanne war alles für ihn, die Schulzeit eine Tortur, sein Vater ewig enttäuscht. Er eckte überall an. Trotz Susanne hatte er es irgendwie immer allein schaffen müssen. Aber ohne Susanne hätte er sich das Leben genommen. Schon mit zwölf.

Und jetzt ist Susanne dement …, nun, … Susanne hat Alzheimer, mein Gott, da … da kommt er natürlich zu ihrem Geburtstag.

„Ich komme", sagt er zu Franziska.

Die atmet tief. „Gut."

Sie haben nichts mehr in ihren Tassen und nichts mehr zu sagen. Franziska zahlt. Schweigend gehen sie nebeneinander her zum Bahnhof.

Am Bahnsteig bleiben noch neun Minuten.

„Konntest du das verschieben, was du heute vorhattest?" Er sieht zwar kommen, dass Franziska ihm haarklein vorlegen wird, wie umständlich es für sie gewesen ist, sich diesen Tag freizumachen. Aber er wünscht sich auf einmal einen friedlichen Abschied.

„Verschieben, was ich vorhatte?"

„Ja, du konntest doch erst heute nicht.“

„Heute ist mein Geburtstag.“

Scheiße, denkt Jens.

„Oh, sorry“, sagt er. „Na, dann herzlichen Glückwunsch.“

Dass sie ausgerechnet Franziska geschickt hatten!

Mit jedem Meter, den der Zug seine Schwester aus dem Bahnhof rollte, ging es Jens besser. Er rieb sich mit den Handflächen die sorgfältig rasierten Wangen und fuhr in die bürstigen Haare. Es tat gut, sich am Kopf zu kratzen. Noch mehr war ihm nach einem Sprung in kaltes Gewässer zumute. Franziska machte irgendwas mit ihm, was ihm nicht gut bekam. Ihre Oberschlauheit, ihre trotz Ruhestand noch gnadenlos anständige Figur im dezenten, heimlich karierten Kostüm, so schlicht, so gefällig, ach, Jens konnte es nicht beweisen, aber Franziska war grässlich.

Ohne rechts und links zu gucken, bahnte er sich einen Weg zum Hauptausgang.

Das mit dem Alzheimer, das war schlimm, das hatte Susanne nicht verdient. Gut, dass es erst jetzt auftrat, wo sie ihre Rente immerhin schon ganz gut erlebt hatte. Ja, doch, es ging ihm wirklich nahe, auch wenn er das vor Franziska nicht hatte eingestehen wollen.

Eine Frau rempelte ihn mit ihrem Koffer ans Bein. Er herrschte sie an. Doch, er hatte wirklich manchmal an Susanne gedacht. Mit einem Gefühl, das Franziska wahrscheinlich schlechtes Gewissen, Susanne aber vielleicht Melancholie genannt hätte. Und hatte durchaus vorgehabt, sie irgendwann zu besuchen. Ein bisschen hätte er noch gewartet, bis sich sein Geschäft vielleicht doch wieder erholt hätte. Sansibar!, das war seine größte Nummer seit Langem, er hatte noch mal alles gesetzt in dieses Projekt, das Verdunstungsenergie gewinnen wollte, aber es lief, ehrlich gesagt, überhaupt nicht.

Und seine Frau lief ihm weg. Sie sahen sich oft tagelang nicht. Hilda wusste gar nicht, dass er sich heute mit Franziska getroffen hatte, und erwartete ihn bestimmt nicht zu Hause. Es drängte ihn nicht, den nächsten Zug heim zu nehmen. Susanne hatte Alzheimer. Er verließ den Bahnhof, stand ratlos, nichts zog ihn. Er dachte an seine Familie. Seit Jahren hatte er sich nicht bei den Geschwistern gerührt. Glückwünsche zum Geburtstag waren mit einem Achselzucken ins Altpapier geflogen. Dass er eine Ansichtskarte geschrieben haben sollte, fand er beachtlich. Nein, das war wirklich nicht gerade eine kleine Sache, wieder zu Besuch zu kommen, noch dazu in die elterliche Wohnung, in der Susanne nach Vaters Tod wohnen geblieben war. Jens setzte sich auf die Bank einer Bushaltestelle, massierte sein Kinn, sah die Küche vor sich, Bachstraße 7, im zweiten Stock. Er versuchte, sich Susanne vorzustellen. Ob die sich an einem Gespräch überhaupt noch beteiligen konnte? Von der Ersten Wahl hatte Franziska kein Wort gesagt. Vielleicht war es schon beschlossene Sache, was Susanne mit dem Geld machte. Und natürlich nahm sie das Pulver, bei Alzheimer doch gar keine Frage. Vielleicht würde sie ihn nicht mehr erkennen? Bei Alzheimer war das doch so, oder? Wenn man alles vergaß. Wo man herkommt und hinsoll. Jens kickte einen Papierknüddel weg. Sein Blick fiel auf ein Werbeplakat für das Vivarium, Darmstadts Tiergarten. Er dachte an Elefanten. „Wir besuchen die Elefanten", hatte Susanne, als er Kind war, oft gesagt. Zur Belohnung, wenn er versetzt worden war, und zum Trost, wenn nicht. Gern wäre er jetzt in den Zoo gegangen, aber Darmstadts Wildpark hatte keinen einzigen Elefanten.

Jens betrachtete seine polierte Schuhspitze, wie sie mit einem Kronkorken spielte, und beschloss, wirklich zu Susannes Geburtstag zu kommen. Es würde wahrscheinlich der letzte sein, den man richtig feiern wollte. Nächstes Jahr zum 75. würde sie die 150 Tausend bekommen. Tja, und wohl nichts davon mitkriegen.

Der kleine Kummerdruck, der sich über seine Rippen legte, gehörte wohl dazu. Denn an und für sich hatte Jens, wie der Großteil der Bevölkerung, das Sterben per Gesetz längst als schicksalhafte Tatsache akzeptiert. Es war vernünftig und einleuchtend. Vor der Ersten Wahl hatte die Sorge um die Bewältigung der Altenflut mit ihrem immensen Bedarf an Pflegepersonal und Geld das Land in schließlich tumultartige Panik versetzt. Mahnende Stimmen von Christen und nicht ernst zu nehmende von Optimisten waren untergegangen in den Medien, die lautstark Einigkeit verbreiteten: Eine Gesellschaft kann sich einen so hohen Anteil an unproduktiven und Produktionskräfte bindenden Alten nicht leisten.

Der Fortschritt machte kein großes Geheimnis daraus, dass seine Alten- und Rentenpolitik radikal sein würde. Jens jedenfalls hatte gewusst, was er tat, als er die Partei wählte. Es war höchste Zeit! Wenn das Erste-Wahl-Gesetz nicht erlassen worden wäre, wären heute über sechs Millionen Menschen 80 Jahre und älter und in zehn Jahren noch eine Million mehr. Wer sollte die alle ernähren, versorgen und pflegen? Absolut undenkbar, unfinanzierbar das Ganze. Nein, das Gesetz von 23 war hart, aber konsequent. Kein Mensch wurde hier umgebracht, jeder konnte es sich frei aussuchen. Die Aussichten waren klar und fair, das Lebensende absehbar, anders ging es eben nicht. Jens Loewe war felsenfest entschlossen, die Erste Wahl zu treffen. 150 Tausend in bar, sein eigenes Geld, freies Kapital, er würde schon noch eine Weile damit arbeiten. Und dann wollte er glücklich sein bis zum Tod. Auch wenn der womöglich bald einträte, denn das war klar, aufhalten könnte er ihn ohne Krankenversicherung nicht. Wenn er ernsthaft krank würde oder gar merkte, dass ihm der Verstand abhanden käme, dann hätte er hier nichts mehr verloren. Dann würde er das Pulver nehmen. Das gab es gratis, und der Tod war klinisch getestet, vollkommen schmerzlos, ganz friedlich. Er hatte es schon mehrfach miterlebt. Vor drei Wochen erst bei Peter.

Drei Wochen, das war noch nicht lange her, deshalb wunderte es Jens nicht, dass es ein bisschen zog, wenn er an Peter dachte. Jetzt zum Beispiel wäre nichts besser, als mit Peter zusammen über diese Sache mit Susannes Geburtstag zu reden. Aber nun war er mal tot. Hatte es gemacht. Peter und er waren von Anfang an überzeugte Befürworter des Gesetzes gewesen. Und dann wird auch nicht gekniffen, wenn's ernst wird. Peter war 75 geworden. Ingrid, seine Frau, der schon vor einem halben Jahr ihre 150 Tausend ausgezahlt worden waren, hatte auf ihn gewartet, damit sie es zusammen machen konnten. Sie hatten mit dem Geld das Haus ihres Sohnes entschuldet, waren danach endlich die acht Wochen in Australien gewesen, von denen sie schon lange geträumt hatten, und genug Geld war geblieben für ein brausendes Fest, wirklich toll. 80 Leute, auf einem Dampfer ging's die Donau runter. Blumen, Essen ohne Ende, Pop und Rock, drei Nächte und zwei Tage. Auch für Hilda und ihn war es mal wieder schön gewesen, fast wie früher, getanzt hatten sie und gestritten und gelacht und sich jede Nacht geliebt. Am Morgen des dritten Tages legte der Dampfer an, alle Gäste begaben sich von Bord und begleiteten Peter und Ingrid feierlich zu einem alten Bauernhof. Da waren in einer Scheune um einen richtig großen Bildschirm Stühle aufgestellt, auf denen Peter und Ingrid und alle Gäste Platz nahmen. Es gab Champagner. Dazu mussten die beiden das Pulver geschluckt haben, heimlich, jedenfalls hatten sie nicht gesagt: Hallo, alle mal hergucken, jetzt schlucken wir's. Sie sahen zusammen „Harold and Maude", und als der Film aus war, waren die beiden tot. Manche der Gäste meinten, sie hätten den Moment des Todes wahrgenommen, und verglichen ihre Erfahrungen von anderen Sterbefesten, an denen sie schon teilgenommen hatten.

Jens hatte gar nicht zu Peter und Ingrid hingeschaut. Er war ganz in den Film versunken gewesen. Es war nämlich sein Lieblingsfilm. Peter hatte das Fest mit Jens geplant und da hatte er natürlich „Harold and Maude" vorgeschlagen. An einem dieser Vorbereitungsabende hatte Peter ihm gestanden, dass Ingrid und er kurz überlegt hätten, ob sie nicht doch weitermachen sollten. Wenn sie eine Tochter hätten, hatte er gemeint, dann würden sie es sich noch mal überlegen. Aber der Junge, du kennst ihn ja, hatte er gesagt und dabei ein bisschen verzweifelt geguckt, wenn wir auf den eines Tages angewiesen sein würden, du liebe Güte. Und Peter hatte ihm die Argumente vorgebetet, die sie doch beide kannten, ganz eindringlich, als wolle er sich selbst noch mal überzeugen, dass er vernünftig entschieden hatte. Dass er mit der auf 750 gekürzten Rente unter keinen Umständen auskomme. Und ein Staat bankrottgehen müsse, der die Gesundheitsausgaben für all die Rentner stemmen müsse, gerade alte Leute kosteten ja so viel. Es könne ihm, Peter, auch passieren, dass er mit Augen oder Ohren was kriegte oder Prostatakrebs. Ingrid habe das Geld ja nun auch bereits genommen, nein, ist schon in Ordnung, alter Knabe, hatten wir doch ein schönes Leben, etwa nicht? Und sie waren auf die gemeinsame Busfahrt von Rio nach Manaus zu sprechen gekommen, bei der Jens und Peter sich mitten in ihrem schönen Leben kennengelernt hatten.

Jens sah auf einmal den Kronkorken vor seinen Füßen verschwimmen, er knibbelte ärgerlich mit den Augen. Nie waren sie sentimental geworden.

Von Manaus schwärmten sie, wo sie morgens nach durchrüttelter Nacht aufwachten und sich wildfremd zusammengekuschelt fanden in den durchhängenden Sitzen, ihre Hände ineinander geflochten. Wie sie nach dem ersten Schreck gelacht hatten! Ja, sie hatten ein gutes Leben gehabt. Jens auch.

Ein Bus hielt, Leute stiegen aus. Eine Frau mit Kinderwagen mühte sich hinein. Als Jens aufstehen wollte, um zu helfen, hatte sie es gerade selbst geschafft. Er ließ sich wieder zurücksinken. Er würde gern schon auf 75 Jahre zurückblicken, aber bis dahin hatte er noch acht. Leider. Nun, er würde es schon irgendwie schaffen, die Idee mit den Verdunstungsfeldern in den Tropen war jedenfalls genial, wenn das zum Durchbruch käme, hätte er endlich ausgesorgt. Jens hätte so gern ausgesorgt, ein für alle Mal genug Geld, um sein Leben zu einem glücklichen Ende führen zu können. Er würde jedenfalls die Erste Wahl treffen und war richtig froh, dass es das Gesetz gab. Es war großzügig bemessen. Es erleichterte im Grunde alles, wenn man es nüchtern betrachtete. Jens hatte bisher das meiste nüchtern betrachtet.

Er zog den *Fortschritt* aus der Tasche seiner Wildlederjacke und setzte sich drauf. Sein Hintern war kalt. Franziska würde wahrscheinlich nicht die Erste Wahl nehmen. Sie war auch bei Greenpeace gewesen, als es das noch gab. Sie würde sich auf die gekürzte Einheitsrente von 750 runterfahren lassen. Mehr kriegte sie auch als pensionierte Lehrerin nicht. Zwar blieb man krankenversichert, aber alle Leistungen waren auf die Hälfte gekürzt, und wozu sollte man ein so ärmliches Dasein versichern? Zumal die 150 Tausend viel mehr waren als zehn Jahre halbe Bezüge. Im Alter von 85 hörten alle staatlichen Zahlungen auf. Mit 85 hatte auch eine wie Franziska keine Wahl mehr, da würde garantiert auch sie das Pulver nehmen. Wer dann noch weitermachen wollte – zum Sterben gezwungen wurde ja niemand –, der kriegte drei volle Bezüge und Schluss, der war dann völlig auf sich gestellt. Wie ein Wolf. Oder hatte Familie, oder ein Kloster. Aber es packten wohl nur wenige. Jens kannte jedenfalls keinen.

Er schob die Hände unter seinen Po, damit sie sich da ein bisschen wärmten.

2023 war sogar ein merklicher Wirtschaftsaufschwung zustande gekommen, denn plötzlich war eine Kaufkraft im Land und auch ein Eifer, das Geld auszugeben. Wie viele danach das Pulver geschluckt hatten, war Jens nicht bekannt. Wahrscheinlich gab es Statistiken, aber was spielten die für eine Rolle? So, wie er lebte, da, wo er lebte, kamen alte Menschen sowieso nicht vor, deshalb vermisste er sie auch nicht.

Er zog seine Finger unterm Po hervor, rieb sie aneinander. Susanne hatte er auch nicht wirklich vermisst. Nicht als alte Frau. Wann hatte er sie zuletzt gesehen? Doch, er hatte manchmal an Susannes Geburtstagen an sie gedacht, aber ausdrücklich vermisst hatte er sie nicht, nein. Dement war sie nun also. Jens kannte zwar keine Menschen mit Demenz, aber ihm war alles klar.

Er seufzte und stand auf. Was sollte er noch in Darmstadt rumhängen? Wo die nicht mal Elefanten hatten.

Wenn Jens kam, waren immer schon alle da, sogar, wenn er pünktlich war, und weil er das wusste, machte er noch den kleinen Umweg über den Kiosk. Er wollte mal sehen, ob der Stefan Schülke noch wie früher hinter seinen Zeitungen hing und einen angenehm süßen Zigarettenduft verbreitete. Jens grinste der bunt erleuchteten Bude zu, als er sie durch die Schneeflocken auftauchen sah: Stefan Schülke seine Haschkiste. Aber die Frau hinter den Zeitungen machte überhaupt kein Gesicht zu dem Namen. Jens war enttäuscht, er hätte Stefans rote Nase und sein saudummes Geschwätz jetzt gut brauchen können. Um nicht gar nichts zu haben, kaufte er einen *Fortschritt*, stand damit noch eine Weile am Kiosk herum und bog eine Viertelstunde zu spät in die Bachstraße ein.

Alle seine vier Geschwister würden da sein, wie früher zu Geburtstagen. Sie würden feiern im Wohnzimmer ihrer Kindertage, nur diesmal alle alt. Franziskas aufgerichtete Würde hatte er ja schon erlebt, Markus würde ihr nicht nachstehen. Ruth mochte er sich mit 73 nicht mehr in Jeans und schwarzem Pulli vorstellen, aber in anderer Kleidung hatte er sie noch nie gesehen. Und Susanne? Es würde nicht einfach werden, das war gewiss.

Er stand vor der alten Haustür, sein Zeigefinger zögerte über „Helbrich". Es tat nicht gut, hier klingeln zu müssen. Natürlich hatte er die Haustür früher mit seinem eigenen Schlüssel aufgeschlossen, weil er hier wohnte, Jens Loewe, Bachstraße 7, und auch nach Vaters Tod, als nur noch Susanne hier lebte, hatte er immer noch die Schlüssel. Aber nachdem überall die Chipkartenschlösser angebracht worden waren, hatte ihm Susanne keine Karte geschickt. Wohin auch, sie hatte ja nicht gewusst, wo er gerade wohnte.

Er klingelte und hielt den Blumenstrauß vor die Türkamera, damit sie ihn oben nicht gleich erkannten. Damit er durch die Blumen kam, ein klein bisschen herausgezögert das Wiedersehen, ein klein bisschen Jens Kaspernase, so wie sie ihn kannten. Dabei hatte er sich gewissenhaft rasiert und einige Sorgfalt auf die Wahl seiner Hose verwandt. Und Blumen waren ihm eingefallen!

„Brauchst dich gar nicht zu verstecken, bist schon durchschaut“, rief Franziska spöttisch durch die Gegensprechanlage. Ein grünes Lämpchen blinkte, das Türschloss summte. Die eichene Tür mit den Schnitzereien ließ sich immer noch schwer aufdrücken.

Während Jens das Treppenhaus hochsteigt, auf dem ersten Absatz die Zeichnung sucht, die er als Jugendlicher hineingeritzt hat, und sie nicht findet, dafür aber andere Kratzer in anderem Anstrich – so lang ist er nicht hier gewesen, dass ein neuer Anstrich schon alt geworden ist –, fragt er sich, wann das wohl war, dass sie alle zum letzten Mal so zusammen gewesen sind? Nach Vaters Tod vielleicht? Jens hat keine Ahnung, aber er weiß sowieso: Ehe er gleich noch richtig auf einem Stuhl sitzt, hat Franziska, spätestens Markus schon gefragt: „Wisst ihr, wann wir das letzte Mal alle hier zusammen waren?“ Und sie würden die Antwort natürlich wissen, weil sie schon den ganzen Vormittag dran studiert hätten, und gefragt wird auch nur wegen des Kitzels, wenn jemand fürchterlich überlegt und nicht drauf kommt. Jens zum Beispiel würde nicht drauf kommen.

Die Wohnungstür steht einen Spalt offen, das Flurlicht ist an. Jens tritt ein und wird sofort umweht vom alten Atem dieser Wohnung, er riecht den Ernst der Teppiche, ein mildes Gekochtes aus der Küche, und als er den Garderobenschrank öffnet, der gleich gegenüber der Eingangstür auf Mäntel und Schuhe wartet, erinnert er sich an das gemischte Muffeln aus nasser Wolle, Lavendel und Füßen. Nach links läuft der Flur auf die Wohnzimmertür zu, hinter der ihm seine Geschwister sicher sind, rechts geht’s zu den drei ehemaligen Kinderzimmern. Ob Susanne noch in dem schläft, das sie sich als Kind mit Ruth teilte? Oder ist sie nach Vaters Tod ins Elternschlafzimmer gezogen, in den linken Wohnungstrakt, näher an Bad und Küche? Jens würde gern mal durch alle Zimmer gehen, vielleicht wird nachher noch Zeit dazu sein.

Er hängt seinen Mantel in den Garderobenschrank auf den Bügel ganz rechts. Ganz rechts ist selbstverständlich frei, denn das ist seiner.

Die Jacken der Loewen hängen immer dem Alter nach. Der nächste ist Franziskas Bügel, ein Lodenmantel, typisch. Markus hat eine Sympatex-Jacke mit Fellkragen – nicht schlecht, Bruderherz! Ist denn Ruth noch nicht da? Ihr Bügel ist leer. Und auf Susannes hängt ein Sommerkleid.

Jens hätte gern noch eine Weile so dagestanden und nach der Flurlampe gelauscht, der Tapete, den Geschichten hinter den vielen Türen, aber da kommt Franziska aus dem Wohnzimmer. Franziska in Schürze, ist sie jetzt hier die Hausfrau? Weil Susanne Geburtstag hat oder Alzheimer? Jens atmet tief ein.

„Da bist du ja", sagt Franziska und zieht die Wohnzimmertür hinter sich zu.

Das kommt Jens komisch vor, wieso bittet sie ihn nicht herein?

„Sind die anderen alle schon da?"

„Ja. Ruth ist gerade ein bisschen übel geworden, sie hat sich hingelegt."

„Hat sie was Falsches gegessen?"

„Nein, die Chemo."

„Die Chemo? Was soll das denn heißen?"

„Das weißt du gar nicht?"

„Was, Mensch?"

„Ruth hat doch Krebs."

„‚Ruth hat doch Krebs!' Und das sagst du mir jetzt."

„Ich dachte, du weißt das."

„Woher denn?"

„Ich dachte, ich hätte es dir neulich gesagt."

Blöde Kuh. Hier im Flur! Solche Sachen im Flur! Er hat es nicht gewusst!

Er steuert ohne ein weiteres Wort in die Küche, ein neuer Kühlschrank steht an der alten Stelle, es ist Gott sei Dank Bier drin. Er macht sich eins auf. Franziskas Rücken wirkt beleidigt. Vorne schneidet sie wohl einen Kuchen. Ruth hat Krebs. Liegt im Wohnzimmer. Ruth, seine entfernteste Schwester, seine lesbische Schwester, nicht nur sechs Jahre trennen ihn von ihr, sondern Kontinente. Ob sie die zwei Jahre noch durchhält, dass sie die 150 Tausend kriegt?

Er wollte das nicht denken, sorry. Er nimmt einen tiefen Schluck. Fast möchte er Franziska Danke sagen, dass sie ihn erst mal in die Küche gelotst hat. Obwohl sie einfach zu blöd ist. Wieso konnte sie ihm das neulich nicht sagen, dass Ruth Krebs hat?

Die Eckbank ist immer noch die Eckbank. Die karierten Kissen stimmen auch. Das Tischbein stört seine Knie an der richtigen Stelle. Nur die Schürze an Franziska stimmt nicht.

„Ist Susanne auch im Wohnzimmer?“, fragt er Franziska.

„Ja.“

Geht er also zum Wohnzimmer. Lässt das Bier lieber hier stehen. Überlegt sich tatsächlich, ob er klopfen soll, klopft nicht. Macht die Tür langsam auf. Und wird rot.

„Hallo zusammen“, sagt er zu den Rücken und Profilen und landet in Susannes Gesicht, die im Sessel sitzt, sich zu ihm dreht und augenblicklich ein sonnenblumengroßes Lächeln entwickelt:

„Jens!“

„Mensch, Susanne.“

Er geht auf sie zu, hat ein bisschen Angst. Alzheimer.

Sie ist erstaunlich fix aus dem Sessel: „Junge, dass du dich mal wieder sehen lässt, guck mich mal an.“ Und sie tritt einen Schritt zurück, mustert Jens lächelnd von den Geheimratsecken über die gebügelte Knopfleiste seines Hemds bis zu den geputzten Schuhen, nickt und legt ihm die Hand an die Wange. Sie ist so wie immer, die wirren Haare nachlässig hinter die Ohren geklemmt, ihre schmalen Lippen spöttisch gespitzt, um die Augen rum sieht sie vielleicht ein bisschen älter aus, aber Jens hätte den Alzheimer nicht erkannt. Sie lässt sich gern in seine unsicheren Arme nehmen. Drückt sich so fest an ihn, dass er sie richtig spürt. Jens würde gern die Augen schließen und geschlossen lassen. Kann er aber nicht, er hat schon Markus in den Augenwinkeln.

„Mensch, Susanne“, sagt er noch einmal und schiebt sie langsam weg, lässt sie aus den Armen. „Hallo, Markus.“

„Na, kleiner Bruder.“ Die beiden Männer sind gleich groß und die Geheimratsecken ähneln sich, sie geben sich Brüderhände, nicken sich zu. Mehr will Jens vorläufig nicht investieren mit Markus. Wendet sich zum Sofa, auf dem Ruth liegt, und daneben sitzt ja Betty, Ruths Partnerin! Dass die immer noch zusammen sind!

„Ruth, was machst du für Sachen?“ Er kniet sich neben das Sofa, er fühlt sich auf einmal wieder wie der Kleinste, der Frischeste, der mit dem erwachsenen Gewese seiner Geschwister nichts zu tun hat. Ruth richtet sich halbwegs auf und reicht ihm die Hand. Sie hat tatsächlich Jeans an und einen schwarzen Pulli, der ihr reichlich groß ist.

„Hallo Jens. Schön, dich zu sehen. Echt schön.“ Jens ist ganz gerührt von dem „echt schön“ und erstaunt über diese Hand. Sie ist schlapp und weich und warm und hält trotzdem seine sehr fest, wie auch Ruths Augen seine festhalten. Es wird ihm fast schon zu viel. Alzheimer und Krebs und Sentimentalitäten.

„Tag, Betty“, er kann sich aus Ruths Blick lösen, nicht aber aus ihrer Hand, „dass es dich auch noch gibt!“

Betty lacht. „Ja, aber dich erst!“

Auch ihre Hand nimmt er, mit der linken, jetzt ist er ganz verdreht, Ruth und Betty grinsen. „So schnell wieder in Familienbanden“, sagt Betty und hat dabei einen wohltuenden Spott in den Augenbrauen. „Hoffentlich kriegst du keine Zustände!“

Er lächelt. Betty tut gut. In ihrem Schatten kann er einen eigenen Atemzug machen, an sie wird er sich halten.

Dann trägt Franziska die große Blaublümchenkanne mit Kaffee rein, gedeckt ist schon. Bis auf Ruth, deren gelbliche Gesichtsfarbe sie entschuldigt, nehmen alle um den ovalen Wohnzimmertisch Platz. Susanne zwischen Betty und Franziska.

„Wer hat den leckeren Kuchen gebacken?“, fragt Markus. Susanne sagt: „Ich!“ und sieht den Blick nicht, den Franziska Markus zuwirft. Aber Jens hat ihn gesehen. In seinem Gesicht muss eine Frage gewesen sein, denn Franziskas Augen antworten: Nein, hat sie nicht. Jens ist es überhaupt nicht gewöhnt, mit Franziska Komplizenblicke auszutauschen. Vor Susanne. Und er will das auch nicht.

„Hast du gut gemacht", lobt er Susanne und leckt sich die Lippen. „Deine Kuchen waren immer die Besten."

„Keine Kontingente!", sagt Susanne. Keine Kontingente? Drei Sekunden Stille machen sich dick über dem Kaffeetisch.

„Wisst ihr noch, wann wir das letzte Mal alle hier zusammen waren?" Gott sei Dank, da ist sie, die Frage, Markus hat sie gestellt.

„Na, jemand wird es wahrscheinlich wissen", antwortet Susanne und Jens freut sich. Genau, der alte Klugscheißer wird es schon wissen.

„Na?", fragt er herausfordernd, „und wann war das also?"

„Nach Vaters Tod."

„Vaters Tod?", ruft Susanne.

Schnelle Köpfe wenden sich zu ihr, die mit aufgerissenen Augen in die Runde schaut. Blicke senken sich wieder auf Kuchenteller. Betty legt ihren Arm um Susannes Schulter: „Ja", sagt sie, „er ist doch gestorben. 2009, ganz friedlich ist er eingeschlafen."

Und als Susanne ärgerlich sagt: „Aber das weiß ich doch! Wer sollte das besser wissen als ich?", hilft Franziska ihrer Erinnerung bereits nach:

„Du warst doch sogar dabei, Susanne, das weißt du aber bestimmt noch!", sagt sie. „Hier auf dem Sofa ist er gelegen." Sie macht eine Kopfbewegung nach hinten, wo heute bleich Ruth liegt. Betty verdreht die Augen.

„Das weiß ich doch alles!", wehrt sich Susanne.

„Mein Gott, Franziska!", sagt Markus.

„Ich lebe jedenfalls noch", lässt Ruth sich vernehmen. Betty drückt Susannes Arm, steht auf und setzt sich zu Ruth aufs Sofa. Küsst sie auf die Stirn. Ruth lächelt sie an: „Wir sind schon speziell, hm?"

„Nach wie vor ein Löwenkäfig. Willst du nach Hause?"

„Noch nicht. Kann ich Tropfen haben?"

Betty nickt und kramt aus einer großen Reisetasche – Jens fragt sich, was sie darin wohl noch alles mitschleppt – ein Fläschchen und ein Zuckerstück. Zählt dreißig Tropfen drauf und schiebt es Ruth in den Mund. Ob sie das am Leben hält? Jens rechnet nach: Ein Jahr und zehneinhalb Monate müsste sie's noch machen.

Er nimmt sich ein zweites Stück Kuchen. Nicht, dass er schmeckte. Susannes Kuchen waren besser. Aber irgendwas muss er machen hier.

Franziska bringt das Geschirr raus. Susanne hilft ihr. Markus und Jens stehen am Fenster und unterbrechen vorsichtig ihr Schweigen.

„Alzheimer also", sagt Jens.

„Ganz im Anfangsstadium", antwortet Markus.

Sie schauen in die Dämmerung. Gegenüber in einem Fenster leuchten elektrische Weihnachtsketten. Grün, dann rot, dann blinken sie unruhig gelb, dann wieder grün.

„Wie lange hat sie noch?"

„Das kann man überhaupt nicht sagen. Es kann auf einmal schneller gehen, und sie nimmt ja Medikamente dagegen. Bei manchen hält sich ein Zustand lange. Noch ist sie ja ziemlich fit."

Grün, rot, dann unruhig gelb.

„Kann sie noch allein sein?"

„Ja, ja, das geht noch ganz gut. Einmal die Woche kommt Franziska, um ihr beim Duschen zu helfen. Aber sie versorgt sich im Grunde selber."

„Lange wird das nicht so bleiben?"

„Man weiß es eben nicht. Irgendwann jedenfalls wird es schlimmer werden."

Jens Augen suchen Beruhigung im gleichmäßigen Lichtspiel des Adventsfensters gegenüber. Sein Herz klopft.

„Da hat sie doch Einfluss drauf", er flüstert fast.

Das hat Markus kaum gehört. Er verzieht keine Miene.

„Du meinst die Erste Wahl?", sagt er nach einer Weile.

„Nun, liegt ja nahe, oder?"

Es blinkt unruhig gelb. Gleich wird es wieder grün werden.

Markus wartet rot ab und blinzelnd gelb. Und grün. Und wieder rot.

„Wir sind dagegen", sagt er. Die Brüder schauen nebeneinander ins Dunkel. Warten auf das nervöse Gelb und atmen tief bei längerer Rotphase. Wenn es aufhörte zu leuchten, müssten sie woanders hingucken. Sie könnten Streit kriegen.

„Na, seid ihr wichtig?", schiebt sich Susanne auf einmal von hinten an die beiden ran.

„Wir? Nein, wieso denn?" Markus nimmt sie unterm Arm. „Du hast doch Geburtstag!"

„Ach, stimmt." Sie lacht übermütig. „Ich habe ja Geburtstag."

„Ja, deshalb sind wir alle da. Weißt du denn auch, wie alt du wirst?"

Das hätte Jens jetzt nicht gefragt, eine Zitronenfrage.

„Wen interessiert das schon", antwortet Susanne geschmeidig, „in meinem Pass wird es wohl stehen, falls es jemand wissen will." Sie lächelt Jens an. „Du siehst gut aus, Junge. Wo hast du Annette gelassen?" Annette! Jens fasst sich an den Kopf. „Annette! Das ist schon bald vierzig Jahre vorbei! An die denk' ich doch gar nicht mehr."

„Vierzig Jahre! Jetzt übertreibst du aber. So alt bist du ja noch gar nicht."

„Ich bin siebenundsechzig."

„Mach dich nicht lächerlich." Susanne wendet sich beleidigt ab, geht zum Sofa und setzt sich vor Ruth und Betty auf einen Stuhl.

„Das sind so Aussetzer", flüstert Markus. „Es kann sie richtig zornig machen, wenn du widersprichst."

Jens nickt und starrt lange auf den Rücken der blauen Strickjacke, in der Susanne steckt.

Jens schloss die Tür hinter Markus und Franziska. Die beiden waren gemeinsam aufgebrochen, was Jens einen vertrauten, eifersüchtigen Stich versetzte. Gut, dass die weg sind!, brummte er und ging zurück ins Wohnzimmer. Mit seinen großen Schwestern ging es ihm besser.

Susanne hatte sich neben Ruth aufs Sofa gesetzt. Seine beiden großen, sich so ähnlich sehenden Schwestern. Und Betty, die so selbstverständlich immer dabei war, dass Jens manchmal vergaß, dass er nichts übrig hatte für Homosexualität.

„Habt ihr auch genug gegessen?", fragte Susanne gerade zum sechsten Mal.

„Mein Gott, Susanne, wir machen seit drei Stunden nichts anderes!" Irgendwie zischte es aus Jens raus. „Wir sind satt, mein' ich", versuchte er es mit einem Grinsen, weil er sich doch zusammenreißen wollte an ihrem Geburtstag! Und nachdem Franziska und Markus weg waren, begann ja jetzt eigentlich der entspannte Teil des Abends. Er nahm sein Glas.

„Also, Susanne", er prostete ihr zu, „auf dein Wohl, Mensch". Und zur anderen Seite: „Ruth! – Betty!"

Ein kleines angestrengtes Lächeln erschien auf Ruths durchsichtigem Gesicht: „Ja, Mensch. Brüderchen, du warst lange weg!"

„Ach, Mist, jetzt hab' ich's vergessen", rief Betty, „und Franziska und Markus sind schon weg. Ich wollte doch ein Foto machen von euch fünf Löwen."

Susanne schien gelassen: „Dann mach wenigstens eins von uns."

Jens setzte sich zwischen Ruth und Susanne aufs Sofa. Betty fotografierte. Ruth ließ ihren Kopf an Jens' Schulter sinken. „Ich freu mich wirklich, dich noch mal zu sehen. Geht's dir denn gut? Machst du weiter Geschäfte mit Brasilien?"

„Nein. Brasilien ist raus." Von seinen Geschäften wollte er nicht reden. „Sansibar", sagte er kurz und Ruth setzte sich wieder aufrecht. Susanne hatte sich Jens zugedreht, sie schaute mit großer Gespanntheit, als wollte sie nichts verpassen. Aber Jens hatte keine Lust, von den unsicheren Geschäften mit Sansibar zu erzählen. Und in so einfache Worte, dass eine Demente sie verstehen konnte, war die Sache sowieso nicht zu verpacken.

„Ja, und du? Du bist seit drei Jahren in Rente, oder?", fragte er Ruth.

„Ja. Notgedrungen. Ich hätte gern noch weitergemacht, aber …"

„Als Buchhändlerin? Es gibt doch gar keine Bücher mehr!", unterbrach sie Jens.

„Was man so Bücher nennt", sagte Ruth, „geschrieben wird jedenfalls noch."

„Na, weitermachen konntest du ab 70 sowieso nicht."

Ruth nickte langsam, schaute Jens eine Weile an, als sei es mühsam, Worte zu finden, die er verstehen würde, bis Betty für sie weitersprach: „Ruth liest gern und nicht nur von Berufs wegen, aber sie kann nicht mehr gut sehen und sich konzentrieren. Die Bestrahlungen nehmen ihr viel Kraft."

Jens atmete tief. „73 bist du jetzt, hm?"

Ruth nickte langsam, Bettys Augen lauerten ihn an, nicht feindselig, aber streitbar, und Jens spürte die Frage.

„73, na und?" Das kam zu seiner Verblüffung von Susanne.

Er hob die Schultern. Spielte an seinem Kragenknöpfchen. „Nur so." Seine Finger fanden die Parteinadel, die er heute hinters Revers seines Jacketts gesteckt hatte.

„Wie stehst du eigentlich zu unserer Fortschrittlichen Politik in Sachen Alte?", fragte Betty. Jens räusperte sich. Sie konnte doch die Parteinadel nicht gesehen haben!

„Was genau meinst du?"

„Das Gesetz meine ich. Die Erste Wahl."

Betty hatte es so unbefangen gesagt, als unterhielte sich das ganze Land so fröhlich und kontrovers über das Gesetz wie über den Börsengang von EuSeCur oder den Aufstieg vom SC Freiburg. Alle drei Frauen blickten ihn jetzt aufmerksam an. Jens fühlte sich peinlich untersucht und halb nackt.

„Eine radikale Sache", sagte er vorsichtig. „Und ihr? Du, Betty, bist du nicht schon über 75?"

„Ja, längst! 79 bin ich. Und die Abfindung habe ich einkassiert!"

Jens staunte: „Du hast es gemacht? Du?"

„Warum wundert dich das?"

„Na, ich dachte, in unserer Familie, und du gehörst ja irgendwie dazu, also, da käme das womöglich kaum in Frage, das ist ja schließlich … also, es läuft ja klar gesprochen auf Suizid raus."

„Nee, bei mir bestimmt nicht", Betty grinste, „ich denk' im Traum nicht dran, irgendein Pulver zu nehmen."

„Na, gut, mit deinen geringen Ansprüchen kannst du es wahrscheinlich eine hübsche Weile machen mit den 150 Tausend. Vorausgesetzt, du wirst nicht krank. Aber dann?"

„Das meiste von dem Geld nimmt sie, um meine Reisen auf die philippinischen Inseln zu bezahlen", sagte Ruth seufzend und Bettys Grinsen bekam eine zärtliche Note.

„Was macht ihr auf den Philippinen?", kam es von Susanne, bevor Jens fragen konnte, und er wunderte sich, wie beteiligt sie war. Offensichtlich ein heller Moment.

„Es gibt da ein Zentrum der alternativen Krebsforschung. Wir haben Hoffnung, dass Ruth geholfen werden kann."

„Ach, Mädchen", Jens wusste total Bescheid, „das ist doch Scharlatanerie! Zahlt die Kasse einen Cent dazu?"

„Kein Stück." Betty schüttelte den Kopf. „Die übernimmt nicht mal die Bestrahlung voll. Nur bis 65 bist du da interessant."

„Ach", sagte Jens. Er dachte, er wäre gut informiert. „Ja, das heißt aber doch für dich, du hast das Geld bald aufgebraucht, und dann stehst du da. – Mit nichts!" Dass das Jens' Alptraum war, stand ihm auf der Stirn. Unbegreiflich, wie Betty lachen konnte.

„Ich hatte nie viel Geld, wie du dich vielleicht erinnern kannst, und Krankheit verschont mich hoffentlich weiterhin."

„Das heißt, du lebst ins blanke Ungewisse, überhaupt nicht abgesichert, ohne Einkünfte?"

„Noch gibt es ja meine Rente", warf Ruth ein.

„Ja, aber die volle nur, bis du 75 bist", sagte Jens.

„Wenn ich so lange lebe."

„Was redest du denn da?", fragte Susanne mit gerunzelter Stirn. „Was soll das denn bedeuten, ‚wenn ich so lange lebe'?"

„Ich habe doch Krebs, Schwesterchen, und es steht nicht gut, weißte doch."

Susanne starrte Ruth an. „Ja", sagte sie gedehnt, „das hast du. Das hast du mir gesagt. Mein Gott, ja. Wie geht es dir denn bloß?"

Ruth legte ihre Hand auf Susannes und streichelte sie. Ihr Lächeln hing zwischen Trost und Losigkeit. Susanne fragte nichts mehr, Betty guckte in ihr Weinglas.

Jens wäre gern mit dem Finger über das glatte Plastikschildchen der Parteinadel gestrichen, aber er war wie erstarrt. Wie fürchterlich allein er doch war. Wenn Peter noch lebte, dachte er, den würde er heute noch aufsuchen, egal, ob er dazu bis Hamburg fahren müsste. Peter, Mensch, die sollten das Pulver nehmen, mein Gott, was hält sie denn bloß ab? Krebs im Leib, Verstand kaputt, Geld weg. Was für ein Leben! Und wer soll sich um sie kümmern? Peter hatte es kapiert, Ingrid hatte es kapiert, Jens kapierte es, es war so einfach, die meisten machten es, sobald es klamm und schmerzhaft wurde, was sollte das ganze Gerangel und Getue? Schoben es bloß raus, machten alles nur noch schlimmer.

„Ich finde, das Gesetz ist ein Zeichen abscheulichster Menschenverachtung“, sagte auf einmal Betty in den Rest ihres Weißweins, „aber in Ruths Fall wünschte ich, es gäbe eine Ausnahmeregelung, die es noch vor 75 möglich machte, die Prämie zu nehmen. Wir könnten das Geld gut gebrauchen.“

„Aber dann?“, platzte es aus Jens heraus. „Angenommen, irgendwas heilte Ruth, dann steht ihr da, beide alt, und habt kein Geld, keine Sicherheit, nichts.“

„Und du? Was hast du so? Du hast doch selbst dein Leben lang kein sicheres Einkommen gehabt“, sagte Ruth.

Betty lachte. „Ein Lebenskünstler eben. Willkommen im Club!“

Jens stand auf, ihm war nicht komisch zumute, er trat ans Fenster und wollte die Blinklichter von gegenüber sehen. Rot und grün und blinkend. Aber die waren aus. Ganz schwarz war die Fensterfront auf der anderen Straßenseite. Im Lichtkegel der Straßenlaternen regnete es.

Er drehte sich nicht um. Hinter ihm saßen die drei, alle im Grunde schon hinüber, aber sie hielten an was fest, was er nicht hatte.

„Und du, wie wirst du es halten?", fragte er und drehte sich abrupt um. „Susanne, was machst du, wenn du nächstes Jahr 75 wirst?"

Susannes Augenlider zappelten ein bisschen, sie guckte Jens eine Weile von Weitem an.

„Ich, ja, ich. Wie es wohl weitergeht?" Sie drehte ihr Weinglas. Wie wenn sie auf einmal den letzten Schluck im Glas entdeckte, kam ein kleines Leuchten in ihre Augen, schnell hielt sie es hoch: „Worauf stoßen wir an?"

„Wirst du das Geld nehmen?" Jens hatte noch nie eine Karte, die er einmal ausgespielt hatte, wieder vom Tisch genommen. Betty lehnte sich für bessere Sicht zurück. Ruth schloss die Augen und stützte den Kopf in die Hände.

„Ich weiß nicht." Susanne schaute Betty an. „Ich habe ein bisschen Angst, ehrlich gesagt. Ich weiß es nicht. Ich habe ein bisschen Angst. Wisst ihr noch, Vater? Und dabei wohnte er nicht allein. Ich meine, der hatte ja wenigstens mich."

Ruth seufzte und hob die Augen in den Familienlüster. Jens fühlte sich nicht angesprochen. Er hätte sich nie im Leben um seinen Vater kümmern können. Schon bevor der Alzheimer kriegte, hatten die beiden verschiedene Welten.

„Es wird wirklich beängstigend", fuhr Susanne fort, „ich vergesse so viel. Jeden Tag ein Stück. Weißt du noch, Jens, so haben wir früher miteinander Vokabeln gelernt, jeden Tag ein bisschen. Jetzt geht's andersrum. – Mag noch jemand Wein?"

„Nein, dank' dir." Ruth klang farblos. Betty schüttelte den Kopf, Jens hatte sich gerade nachgeschenkt. Alle guckten in ihre Gläser.

„Ich möchte nun bald heim, Susanne. Hab' jedenfalls Dank für alles. Den Kuchen vor allem!" Ruth rückte auf die Sofakante. „Gehen wir, Betty?"

Betty war sofort aufgestanden, „Klar, es war lang." Sie steckte das Tropfenfläschchen zurück in die große Reisetasche, holte für Ruth einen Thermomantel daraus hervor, den sie um eine Wärmflasche gewickelt hatte, nahm ihre bunte Lederjacke vom Sofa.

„Ich hätt' noch abspülen wollen", sagte sie zu Jens und zögerte einen Moment, ihm Tschüss zu sagen. „Mach' ich", sagte Jens. Das sagte er so schnell, dass er sich nichts dabei gedacht haben konnte. Auch nicht, dass trautes Abwaschen eine gute Gelegenheit sein könnte, Susanne ein bisschen auf den Zahn zu fühlen, was ihre Erste Wahl anging. Jens war richtig froh, dass er daran nicht gedacht haben konnte. Obwohl es eine gute Idee war.

„Kommt gar nicht in Frage!" Susanne brachte ihm seinen Mantel. „Du begleitest die beiden zur Stadtbahn, und spülen kann ich ja wohl alleine!"

So viele viele Gläser auf der Spüle. Ein Angang. Sie muss es ja nicht sofort machen.

Wie schön, dass der Kleine gekommen ist. Wie gut, wie immer sah er aus. Aber er hat Angst, der Bengel. Hat immer noch das Gefühl, er gehört nicht dazu. Mit Markus war irgendwas. Mit Ruth ging es besser.

Weshalb sie wohl alle hier waren? Sie kriegt die Sachen nicht mehr zusammen. So oft fehlt einfach ein Stück. Und da, wo nichts ist, ist es grau und kommt Angst. Dabei kennt sie doch gar keine Angst. Jens hat Angst. Sie hat Alzheimer. Das hat die Ärztin vom Amt gesagt. Sie fürchtet, es stimmt. Franziska und Markus wissen es. Sie hätte es ihnen vielleicht nicht sagen sollen. Jetzt gucken sie immer so.

Jens weiß es vielleicht nicht. Wie sie sich gefreut hat, dass er endlich mal wieder da war. Ihr kleiner Löwenbruder. Hoffentlich kommt er oft wieder.

2026

Hilda nahm Jens seinen Auszug zwar nicht übel, aber seine gute Absicht nicht ab. „Du willst wieder eine Mama, du Schlappschwanz, ich bin froh, dass ich dich los bin." Sie hatten nur noch Krach zwischen Weihnachten 25 und Februar 26, bis zu Jens' endgültigem Auszug und der Rückkehr in seine Geburtsstadt.

Seine Geschwister betrachteten seine wiederbelebte Vorliebe für Susanne ebenfalls mit Skepsis. „Klappt's nicht mehr mit Hilda?", fragte ihn Markus. Und Franziska kam ihm mit „Willst du dich an Susannes Rente hängen?" bedenklich nahe.

Ruth seufzte und lächelte. Sie nahm seine Hand, als er sie einmal besuchte, und streichelte lange gedankenverloren seine Fingernägel. Jens wusste nicht, was ihn mehr befremdete, das Gelb ihrer Augäpfel oder die Ruhe, mit der sie sprach, wo sie doch starb.

„Ihr beiden hattet immer ein besonderes Verhältnis, Susanne und du. Wir anderen waren manchmal richtig eifersüchtig, weißt du das?"

Nein, Eifersucht hätte Jens das nicht genannt. Ablehnung einer diffusen Art hatte er wahrgenommen.

„Warum eifersüchtig?", fragte er.

„Sie war immer um dich rum. Irgendwie hattest du eine Mutter, wir anderen hatten keine mehr." Ruth sprach sehr leise und langsam, Jens musste sich so anstrengen, um sie zu verstehen, und dann war's nur lauter Psychologie, er schüttelte den Kopf.

„Vielleicht hast du recht", sagte er. Mit Ruth stritt er nicht.

„Macht euch ein paar schöne Jahre", lächelte Ruth ihm zu und sank in ihr Kissen zurück.

Er sah sie noch zwei-, dreimal, bevor Betty und sie im Herbst in die Schweiz reisten. Man musste längst nicht mehr in die Schweiz reisen, um zu sterben. Aber sie kannten eine kleine Pension, wo sie immer Urlaub gemacht hatten, und da wollte Ruth so gern ihren Geburtstag feiern.

Jens kam unregelmäßig ein- bis sechsmal in der Woche zu Susanne, und die empfing ihn immer freudig. Ohne viele Fragen nahmen die beiden ihre alte Beziehung wieder auf. Er brachte Kuchen oder Kreuzworträtsel mit und manchmal miese Laune. Hin und wieder schleppte er seine schmutzige Wäsche an und meistens hatte er den Laptop dabei, zog sich in das Zimmer zurück, das er sich als Junge mit Markus geteilt hatte, und versuchte, aus der Ferne Sansibar zu retten. Manchmal konnte Jens Susanne in den Zoo überreden. Was immer er ihr vorschlug, sie freute sich und zahlte: Kino, einmal Theater, Ostern sogar eine anstrengende Reise ins Jura, danach vorwiegend Spaziergänge in den Kleinen Stadtpark. Sie hatten auch Spaß, aber Jens verlor keinen Augenblick den großen Rahmen aus den Augen. Er beobachtete geduldig Susannes Alzheimer. Hin und wieder fand er klare Hinweise auf diese schreckliche Krankheit und das grauenhafte Ende, das er Susanne ersparen wollte. Noch nichts wirklich Gravierendes, es fing immer harmlos an, und meistens konnte Jens über Susannes kleine Absonderlichkeiten lachen. Als sie rote Zwiebeln aus ihrer Handtasche zog, im Zoo. Oder als er sie in ihren Hausschluffen an der Haltestelle der Stadtbahn fand, nachdem sie nur den Müll runterbringen wollte und ewig nicht wiederkam. So hätten sich schon manche davongeschlichen, sagte er und Susanne lachte mit.

Franziska und Markus und Betty, alle besuchten Susanne nach der Diagnose häufiger als vorher. Halfen, beobachteten, ermunterten, nahmen ihr ab, was sie für schwierig hielten. Markus ging für sie einkaufen, allenfalls durfte sie mitgehen. Sie sollte das keinesfalls noch allein machen. Ihm war sehr daran gelegen, dass seine Schwester sich nicht in der Öffentlichkeit blamierte. Er war sofort zur Stelle, wenn sie an der Kasse einen Geldschein verwechselte, und schummelte geschickt das Klopapier wieder ins Regal, weil sie noch acht Packungen zu Hause hatte.

Franziska machte es sich zur Aufgabe, Susanne zu bekochen, da sie nun endlich in Rente war.

Aber Susanne wollte nicht bekocht werden.

„Hast du kein Zuhause mehr?“, fragte sie Franziska, „dass du dich jetzt so häufig in meiner Küche einfindest?“

„Lass dir doch helfen“, antwortete Franziska verzweifelt.

„Lass mich in Ruhe“, sagte Susanne, „ich brauche dich nicht. Ich weiß überhaupt nicht, was ihr alle habt.“

Schön fest die Tür zumachen hinter diesem Lehrerinnenkostüm.

Endlich allein. Oh, endlich. Im Kopf allein und beim Atmen. Abschließen und die Kette davor! Aus Angst vor Einbrechern hat sie sich nie verkettet. Sie würden die Feuerwehr holen, wenn sie die Kette einfach mal davor ließe. Franziska und die Schlauen.

Dies ist noch immer ihre Küche und ihr Stuhl und ihre Arme auf dem Tisch. Alles ihrs. Die Spüle mit ganz viel Geschirr drauf, das wird sie gleich abwaschen. Spülmittel, Handtücher, sie kennt das alles. Schrank kennt sie. Was da drin ist, weiß sie: Gläser oben, Tassen darunter, Eierbecher, alles da. Zwischen dem Schrank und der Wand hängen die Topflappen, unter der Spüle sind der Müll und Flaschen. Der Brotkasten ist der Brotkasten und es dürften noch vier Brötchen drin sein und Rosinenbrot. Das kann sie beweisen: vier Brötchen, bitte schön. Rosinenbrot nicht.

Wollte sie irgendwas? Hatte Franziska ihr nicht gerade noch was aufgetragen? Seit die Geschwister es wissen, lassen sie sie nicht mehr in Ruhe. Manchmal wünscht sie sich, sie hätte nichts davon gesagt. Sie machen sie noch ganz verrückt. Sie weiß schon selbst, was auf sie zukommt. Es wird ihr gehen wie Vater.

Fest gemauert in der Erden steht die Form aus Lehm gebrannt. Heute muss die Glocke werden, frisch, Gesellen, seid zur Hand. Von der Stirne heiß rinnen muss der Schweiß, soll das Werk den Meister loben, doch der Segen kommt von oben.

Na also, es geht noch.

Im September gingen Markus und Susanne gemeinsam zum Jahres-Check im Bürgeramt. Arztbesuche und Behördengänge gehörten zu Markus' Aufgaben. Er hatte eine gewisse Gewandtheit im Umgang mit Autoritäten. Und da er nicht bei Susanne herumsitzen mochte, erklärte er sich für Alles-außer-Haus verantwortlich. Damit hatte er seine Schuldigkeit an Susanne getan, fand er.

Nach einer Stunde war Markus mit seiner eigenen Meldung fertig. Er erbat einen Erlaubnisschein, um sich in der Eingangshalle aufhalten zu dürfen. „Ich warte auf meine ältere Schwester", sagte er zu einer männlichen Aufsichtsperson in blau und fügte vorsichtshalber hinzu: „Sie wird bald 75." Was ein „Oh ja, dann warten Sie nur!" bewirkte und ein verständnisvolles Nicken. Er bekam seinen Erlaubnisschein und je länger Susanne nicht erschien, umso penetranter war das nickende Verständnis der Aufsichtsperson, die jedes Mal, wenn sie an ihm vorbeirundete, Markus ins Gesicht schaute. Er wurde unruhig. Irgendwas stimmte nicht, so lange konnte es eigentlich nicht dauern. Ob er nach ihr fahnden müsste? Im Supermarkt war sie neulich auch verschwunden, er hatte die Geschäftsleitung gebeten, kurz an die Monitore gehen zu dürfen, und ihren grauen Lockenkopf von oben entdeckt, beim Senf und Ketchup war er und fast in den Regalen verschwunden. Markus war zu Senf und Ketchup gerannt, und da stand Susanne noch, hatte eine Tube Meerrettich aufgedreht und probierte. Sie war nicht überrascht, ihn zu sehen, gar nicht erfreut, dass er ihr Meerrettich erklären wollte, und renitent, als er sie schließlich beim Arm packte und wegzog. Es hatte einen kleinen Aufruhr gegeben, den sich Markus heute im Bürgeramt nicht wünschte. Er überlegte bereits, wie er hier an Monitore kommen sollte, als eine Lautsprecherdurchsage ihn aufspringen ließ: "Susanne Helbrich sucht ihren Bruder oder Ehegatten Markus. Herr Helbrich, bitte kommen Sie zur Erfassung H, Zimmer Nummer 34."

Markus war eine Minute später vor der Tür Nummer 34. HEB-HOL stand auf einem Schild, er schob seine Karte in den Leser, die Tür ging auf – „Markus!" Susanne stand händeringend in der Mitte des Büros, ein Mann saß am Schreibtisch. Sie kam schnell auf ihn zu.

„Markus, stell dir vor, ich werde hier festgehalten, sie fragen lauter dummes Zeug. Lass uns sofort gehen. Komm schnell.“ Sie hängte sich bei ihm ein, drehte den Kopf zu der Gestalt am Schreibtisch und hatte wieder eine Spur Stolz in der Stimme: „ Auf Wiedersehen. Es ist alles gesagt.“ Sie zog an Markus, der ihr aber nicht folgen wollte. Erstaunt blickte sie ihm ins Gesicht und ihr Griff um seinen Arm wurde eisern.

„Aber Frau Helbrich, wenn Sie mir doch glauben wollten!“ Die Stimme des Erfassers klang ruhig und geschmeidig. Markus dachte, wenn er die ganze Zeit in diesem Ton mit Susanne gesprochen haben würde, wäre sie nicht so aufgebracht. Aber er ahnte, dass der nicht immer so ruhig geblieben war. Selbst ihm, der schon einiges an Geduld aufzubringen gelernt hatte, rissen manchmal die Nerven. „Niemand will Sie hier festhalten, Frau Helbrich. Wir brauchen einfach nur die Auskünfte.“

„Loewe.“ Markus stellte sich sehr gerade vor den Mann. „Ich bin der Bruder von Frau Helbrich.“ Und zu Susanne: „Komm, lass uns einen Moment hier Platz nehmen, gleich gehen wir heim, versprochen. Ich bin ja da, nun sei mal ruhig, wir werden das alles regeln, nun komm schön.“

„Sprich nicht so dumm mit mir!“, fuhr Susanne ihn an und setzte sich auf den angebotenen Stuhl. Markus auf den daneben.

„Gut, dass Sie da sind, Herr Loewe, wir hatten es nicht leicht, von Ihrer Schwester die üblichen Auskünfte zu erhalten.“

„Bitte fragen Sie, was Sie wissen müssen.“ Markus hatte nichts zu verheimlichen, alles war klar und rechtens.

„Ihre Schwester wollte den Fragebogen ‚Ärztliche Konsultationen‘ nicht ausfüllen.“

„Es ist alles schon aufgeschrieben, Markus. Keine weiteren Fragen.“

„Frau Helbrich, vor einem Jahr wurde bei Ihrem Geistestest eine beginnende Demenz vom Alzheimertypus festgestellt …“

„Das ist uns bekannt“, warf Markus ein.

„… und Sie hätten deshalb monatlich im Gesundheitszentrum einen Orientierungstest machen lassen müssen, Frau Helbrich!“ Der für Heb-Hol verantwortliche Herr schaute jetzt nicht mehr richtig freundlich. Er drehte seinen Bildschirm so, dass Markus und Susanne ein kleingedrucktes Formular sehen konnten. Mit zwei Klicks erschien Susannes Unterschrift übergroß und zittrig.

„Sie wird es vergessen haben", versuchte Markus zu beschwichtigen.

„Das geht nicht", sagte Herr Hebhol streng.

„Was geht nicht?" Susanne zog Markus am Jackenärmel.

„Bitte, könnte ich mit Ihnen unter vier Augen sprechen?", fragte Markus den Mann, der gerade Susannes Unterschrift wieder in seine Datenbank versenkt hatte.

„Selbstverständlich. Frau Helbrich, würden Sie mich bitte mit Ihrem Bruder einen Moment allein lassen?"

Susanne starrte Markus an. „Warum?"

„Es ist schon gut so, Susanne, ich werde dir das später erklären, okay? Lass uns einen Moment allein."

Herr Hebhol musste einen geheimen Knopf gedrückt haben, denn es erschienen zwei Damen in der Tür, die sanft und entschlossen rechts und links hinter Susanne traten und sie an den Oberarmen fassten. „Kommen Sie bitte mit uns", lächelten sie synchron und zogen Susanne aus dem Stuhl. „Sie bringen mich hier raus?", fragte Susanne. Mit großen Augen wartete sie auf Antwort. „Markus?", sie blickte sich zu ihrem Bruder um. "Es ist alles in Ordnung, Susanne, geh nur mit."

Herr Hebhol, dessen junges Gesicht Markus plötzlich wie ein unfaires Argument erschien, lehnte sich in seinem Sessel zurück. Markus lehnte sich auf seinem Stuhl auch zurück. Er war 71 Jahre alt, aber er würde mit diesem Burschen jetzt ein sachliches Gespräch führen.

„Ich kenne das von meiner Oma, wissen Sie", sagte Herr Hebhol vertraulich und hatte wieder seine freundliche Stimme. „Eine scheußliche Sache."

„Wir hoffen sehr auf ein wirksames Medikament."

„Wirklich? Es gibt keins. Nur ein Mittel, das die Verschlechterung eine Zeit lang hinauszögert, aber was bringt das?"

„Nimmt Ihre Großmutter es?"

„Sie nahm es bis zu ihrem Tod. Wir hatten anfangs noch die Hoffnung, dass es mal ein Medikament geben würde, mit dem man die Krankheit heilen könnte. Aber die Forschung richtet sich ja jetzt glücklicherweise mit aller Kraft auf die Gesundheitspflege der Leistungseffektiven. Seit dem Gesetz von 23 wird in Sachen Demenzforschung nicht mehr viel getan."

„Verstehe", sagte Markus langsam. Er verstand irgendwas. Aber er wusste nicht genau, was.

Herr Hebhol lagerte immer noch seinen Hintern am vorderen Sesselrand und schien die Länge seiner gestreckten Beine auszukosten. Markus zögerte einen Moment, dann beugte er sich vor:

„Wie war es am Ende mit Ihrer Großmutter?"

„Sehr unschön."

„Wie stirbt man daran?"

„Es wird, wenn man nicht eingreift, eine lange, teure Bettlägerigkeit. Nicht erfreulich, sag ich Ihnen, für niemanden. Bei meiner Oma mussten wir das zum Glück nicht erleben. Sie hat gleich im Oktober 23 ihr Leben beendet."

Markus nickte. Das war es, was er eventuell verstanden hatte. Dass sich Susanne umbringen könnte. Und dass das womöglich okay wäre. Hier im Bürgeramt war es völlig in Ordnung.

Der für Heb bis Hol zuständige Erfasser des Bürgeramtes beugte sich geschäftig wieder über seinen PC, wo er klickte und scrollte und Markus den Bildschirm der Tatsachen wieder zudrehte.

„Herr Loewe, um zu Ihrer Schwester zurückzukommen: Bürger, bei denen im Rentenalter eine Demenz festgestellt wird, sind angehalten, jeden Monat zu einer Kontrolle ihrer Orientierung beim zuständigen Gesundheitszentrum zu erscheinen. Wir möchten damit ermöglichen, dass sie sich über sich selbst und ihre Zukunftsfähigkeit klar werden. Sie werden bei jedem Besuch auf das kontrolliert eingeleitete Sterben aufmerksam gemacht und über die absolute Schmerzfreiheit sowie die volkswirtschaftlichen Notwendigkeiten informiert.

Ihrer Schwester wurde diese Pflicht vor einem Jahr mitgeteilt, sie hat unterschrieben."

Er fing wieder an zu klicken. Markus sagte: „Ja, ja, ich hab's gesehen."

„Sie hat im letzten halben Jahr diese Besuche versäumt."

„Ich werde dafür sorgen, dass sie kommt."

„Ihre Schwester wird ...", der Erfasser klickte ein paar Mal, dann schaute er Markus mit Ernst und Tragweite an, „in drei Monaten 75".

Markus hielt diesem Blick kaum stand. Er sah den ovalen Wohnzimmertisch vor sich, die ganze Familie saß schweigend drumrum. Ihm war, als seien auch seine Eltern zugegen. Herr Hebhol hatte da nichts zu suchen. Zu Hause wurde kein Wort über die Erste Wahl verloren. Weder seine Schwestern noch seine Frau erwähnten überhaupt je das „sozialverträgliche Frühsterben". Wenn er sich dabei ertappte, dass er in Gedanken mit plötzlichen größeren Geldsummen spielte, errötete er, auch wenn niemand dabei war.

„Sie wissen, dass im Falle einer diagnostizierten Demenz die Unterschriftswürdigkeit auf Antrag eines Angehörigen aberkannt werden kann?" Nein, das hatte Markus nicht gewusst. Das war ja furchtbar.

„Ich glaube, meine Schwester ist einsichtig", antwortete er und wurde rot.

„Das wünsche ich Ihnen!"

„Wir können dann wohl gehen?"

„Alles Gute, Herr Loewe!", sagte der Erfasser.

Hier kennt sie sich ziemlich gut aus, obwohl es so viele Türen hat. Sechs Türen. Oder fünf? Bad und Wohnzimmer, Vaters Schlafzimmer, zwei Türen braucht sie gar nicht erst aufzumachen. Und dies ist seit eh und je ihr Zimmer. Aber sie will in Vaters Schlafzimmer. Es wird ihr schon wieder einfallen, was sie da wollte.

Hier ist er auch gestorben, vor Jahren. Vorwiegend ihr Vater. Er hat sie am Ende manchmal für die Mutter gehalten, aber er hat schließlich alles verwechselt. So ist das dann. Frisch, Susanne, sei zur Hand. Sie muss vorsorgen, sie ist ja nicht blöd. Das hat sie nicht vergessen, was mit Alzheimer auf sie zukommt. Und sie weiß, dass es schon unterwegs ist. Oh lieber Himmel, wenn sie doch das mal vergessen könnte. Was ihr blüht. Oder wenn jemand anders daran denken könnte. Jedenfalls so, dass sie es vergessen könnte.

So, Vaters Zimmer, hier hat sie reinwollen. Warum, das ist ihr im Moment mal entfallen, irgendwas hat's mit dem Kleiderschrank zu tun, was sie jetzt gebrauchen kann. Hat mit einer Aufgabe zu tun. Beide Türen mal herzlich aufgemacht und das ist es, was sie suchte: die Schildchen, die an allen leeren Fächern kleben – Hemden, Unterhosen, Socken, Taschentücher. Solche Sachen stehen drauf, man kann es nicht mehr sehr gut lesen. Jetzt weiß sie es wieder. Sie hat dem Vater damals alles sortiert und beschriftet, damit er sich auskennen sollte. Und das könnte sie so nach und nach für sich auch machen. Langsame Vorangehensweise. Lieber aufs Bett setzen, in den Kleiderschrank gucken und sich konzentrieren: Klebeetiketten, Stift. – Klebeetiketten, Stift. Ja, das wird gehen. Etiketten muss sie morgen kaufen. Sie schreibt sich das am besten sofort auf. In der Küche hat sie einen großen Stapel Zettelchen und eine Kiste voller Stifte. Etiketten laut vor sich hinsagen. Gerade solche Kleinigkeiten vergisst sie ja so schnell. Etiketten, Etiketten. Etiketten bis in die Küche und auf einen Zettel. Etiketten schreibt sie auf.

Jetzt in ihr Zimmer, da geht die Aufgabe weiter. Was heißt „ihr Zimmer", alle Zimmer sind ihre Zimmer, aber dieses ist Ruths und ihrs. Ruth, mit der war auch nicht alles in Ordnung. Und Markus und Jens teilen sich ein Zimmer und nur Franziska hat immer eins für sich, das ist auch besser so. Sie muss lachen für sich allein: Mit Franziska war noch nie gut Körner essen.

Sie macht ihren Schrank auf, da drin wird es sein. Das kennt sie alles, alles ihre Sachen. Nicht ordentlich, aber nicht weiter schlimm. Pullover. Dicke und feine. Wollte sie was anziehen? Strumpfhosen, ein Durcheinander. War ihr kalt? Sie hatte doch einen Plan. Vielleicht fällt es ihr wieder ein, wenn sie was tut, man muss dranbleiben. Eine Bluse hängt sie auf einen Bügel. Neben die Jacke. Nein, kalt ist ihr nicht. Vielmehr heiß.

Jetzt rutscht noch die Jacke vom Bügel, fällt aber nicht richtig runter, weil alles so voll ist im Schrank. Ihr ist auf keinen Fall kalt und sie will diese Jacke überhaupt nicht anziehen. Schrecklich die Vorstellung, diese Jacke jetzt anziehen zu müssen. Das wird wohl hoffentlich niemand von ihr verlangen.

„Jens?" Ist nimmer da? „Jens? – Diese Jacke! Ich ziehe auf keinen Fall diese Jacke an."

Zurückstopfen, dass sie quetschen bleibt, diese Jacke zwischen den Blusen und was das alles ist, und die Tür vom Schrank zu. Die bleibt nicht zu, springt lautlos wieder auf. Zugedrückt soll sie sein für immer mit dem Rücken. Drücken mit dem Rücken. Drücken und Rücken. Sie bleibt jetzt so. Bewegt sich nicht. Sie muss die Gedanken klar kriegen. Sie kann das. Es gibt stabile, astreine Tage. Susanne Helbrich. Aber dieser hat Astlöcher. Es fehlt doch was. Nichts Verflixtes, nur etwas ganz Ordentliches, eine Sache, nicht weiter tragisch. Susanne Helbrich, geborene Loewe. Vorhin hatte sie es klar im Kopf. Jetzt weiß sie nur noch, dass es eine gute, anständige Sache war, die noch eine kleine Schleife machen musste.

Da ist ihr Bett, es ist gemacht. Die Tagesdecke liegt drüber. Sie ist todmüde. Hinter ihr wird sich heimlich die Schranktür öffnen, wenn sie zum Bett geht. Aber das wird sie machen, sich sinken lassen, die Beine hochziehen. Ach, die ägyptischen Hausschluffen, die sind gut. Zugedeckt gehört sie, eingewickelt in die Decke, auf der sie aber liegt, einen Zipfel wenigstens über die Beine. So schwer diese Decke und das Schwere, was da drauf liegt. Sie lässt sich nicht ziehen, diese Decke, nur einen Zipfel wenigstens. Jetzt rutscht noch ein Schluffen vom Fuß, ach, bitte, das nicht. Die sind warm. So weich, dieses Leder, die sind doch von Jens. Ach, alles geht weg.

Ihr ist so hart, so schwer ums Herz und in den Augen. Viel zu schwer.

Sansibar kriselte. Die Verdunstungsanlagen verkrusteten, weil man den Salzgehalt des Wassers falsch berechnet hatte, es wurde keine Energie gewonnen und deshalb blieben die Einnahmen aus. Jens unternahm nichts. Zeit, die hätte genutzt werden müssen, verging, während Jens' Leben so dahinschaukelte. Er polierte täglich seine Fingernägel. Er probierte Kaffee mit Sahne und rief Hilda an, die auflegte. Er besuchte Susanne häufig, ging zu Fuß die Dreiviertelstunde von seiner Wohnung zu ihr, brachte Äpfel mit, hängte seine Jacke auf den rechtesten Bügel im Garderobenschrank. Ihr Sommerkleid hatte er in ihren Kleiderschrank befördert. Warum es im Garderobenschrank hing, hatte er sie gefragt. Da sollte es niemand hingehängt haben, bekam er zur Antwort. Mit Strenge im Ton? Jens schüttelte nur den Kopf.

Sie besitzt doch wohl Topflappen! Sie muss Franziska fragen, wo sie sie hingetan hat. Nein, warte, sie hat sie selbst wohin getan, an Ort und Stelle kommen Topflappen, warte, sie hat's gleich. Ihre Topflappen sind immer da, wo sie hingehören, das kann sie partout nicht leiden, der rote wider den gelben, es sind gehäkelte Topflappen, sie hat sie selbst gehäkelt. Ein Anachronismus. Schön, dass sie das Wort mal weiß: Anachronismus. Einen roten Rand um den gelben und den anderen umgekehrt, sie hängen … ah, sie hängen! An einem angeschraubten Haken hängen sie, früher war der Klebehaken immer abgegangen und die Dinger runtergefallen, und man musste unter den Schrank gucken. An einem angeschraubten Haken hängen sie, sie hängen, gleich kommt's, zwischen Schrank und Wand in dem schmalen Raum, da wo auch mal ein … ein … ein Ding gestanden ist, ein schreckliches. Ein Ding für Hemden. Vaters Hemden, Jens' Hemden. Siehe da, da ist der Haken. Neben dem Küchenschrank. Hier sollten sie hängen, die Topflappen. Nichts hängt da. Das möchte sie wissen, wo die jemand hingetan hat. Da war immer noch was gestanden, ein Gefährliches.

Einfach zu viel, was fehlt in dieser Wohnung.

Heute geht Jens nicht den direkten Weg in die Bachstraße, sondern beim Bürgeramt vorbei. Er will sich nach einem Antragsformular „Erste Wahl" erkundigen. Zu seiner Überraschung gibt es ihm die junge Frau sofort, ohne Vorlage von Ausweis oder Ermächtigung. Einfach so. Aber mit einem abschätzenden Blick, den Jens sofort zu deuten weiß, obwohl er ihn noch nie abbekommen hat: „Wie alt?", fragen diese Augen. „Schon 75?"

„Nicht für mich", sagt er schnell. Leise, denn er hat einen Schreck bekommen. Dann lauter: „Es geht dabei nicht um mich!" Da lächelt die junge Frau gekonnt und schiebt ihm noch ein Faltblatt „Entscheidungshilfe" rüber. Manchmal gestalte es sich ja etwas komplizierter, sagt sie. Und fragt, ob bei dem Betreffenden womöglich eine Demenz vorliege? Jens ist dankbar. Ja, eine Demenz liege allerdings vor, und da bekommt er noch die Hochglanzbroschüre „Lebenswert" und ein Formular für die Bankverbindung. Die junge Frau nickt ihm aufmunternd zu und darüber ist er froh, denn sein Mut hat gezittert. Fortschritt braucht aber Mut, und er ist stolz, dass er dazugehört.

In der Bachstraße 7 muss er nicht mehr klingeln, inzwischen hat er eine Schlüsselkarte für die Haustür. Ein paar qualmige Lichtstreifen stehen im Flur und Staubpartikel flimmern darin wie Sternchen. Es riecht verbrannt! Jens schnuppert. Es riecht nicht so verbrannt, dass er in Panik gerät, aber verbrannt genug, um sich recht zu geben, dass es so nicht weitergehen kann mit Susanne. Als er sich an das Gesicht der Fortschrittsfrau im Bürgeramt erinnert, wie ihre Bescheid wissenden Augen „Demenz?" gefragt und mitfühlend geblinzelt haben, ruft er mit plötzlicher Liebenswürdigkeit: „Susannchen, brennst du uns das Haus ab?", und öffnet die Küchentür. Das Fenster ist offen, nur ein bisschen Qualm steht noch unter der Lampe.

„Komm rein", sagt Susanne, die sich die Hände an der Schürze abtrocknet, „mir ist was angebrannt. Hab' ich dich erwartet?"

Einen Kuchen hat sie mitten auf dem Küchentisch, sie steht groß davor, immer waren ihr die Tische zu niedrig, auch jetzt muss sie sich beugen, um die Springform vom Kuchen zu heben.

„Ich habe dich, glaube ich, nicht erwartet“, sagt sie.

„Und der Kuchen? Für wen hast du den gebacken?“

„Fürs Wochenende“, sagt Susanne, hebt mit Tortenschaufel und linker Hand geschickt den Streuselkuchen vom runden Blech und befördert ihn auf die Porzellanplatte. Es ist Pflaumenstreusel. Jens nimmt einen Krümel, steckt ihn in den Mund. „Er sieht gar nicht verbrannt aus!“

„Nimm ein Stück. Ich glaube, er ist sowieso für dich.“

„Was hat denn so gequalmt?“

„Gequalmt?“

„Ja, siehst du's denn nicht?“ Jens schaut in den Ofen, es ist ein Elektroofen und die Innenbeleuchtung geht nicht. „Da kokelt ja immer noch was“, findet er und angelt mit der Tortenschaufel im Dämmern des Ofens. Befördert was raus, was ihm auf dem Weg ins Freie in leichte Fetzen zerfällt, und kippt es auf den Küchentisch.

„Was ist das denn?“, fragt er.

Susanne stützt sich am Tisch, krumm, weil er so niedrig ist. Jens beobachtet sie und wartet, was wohl kommt, wenn Susanne lange genug diese schwarzen Flocken studiert haben wird, und lange studiert sie sie.

„Ein Topflappen“, sagt sie dann langsam. „Es sollten zwei sein.“ Sie setzt sich auf den einzigen und der Hausfrau vorbehaltenen Küchenstuhl, legt die Unterarme auf die Tischplatte und starrt in die Ascheреste, als wolle sie die Zukunft daraus lesen.

„Es wird immer schlimmer, Jens, mit der Vergesslichkeit.“

Jens setzt sich umständlich auf die Eckbank, das Tischbein zwischen den Knien.

„Ich tue manchmal Dinge – siehst du, diese Topflappen habe ich gesucht. Ich wusste, dass ich sie an Ort und Stelle getan hatte. Dass ich sie sehr sicher und richtig verräumt hatte.“ Sie zieht den Kuchen zu sich heran, dreht die Platte herum und wieder herum.

„Das ist doch gar nicht gesagt, dass das hier die Topflappen waren."

„Was sonst?"

„Keine Ahnung. Wo tust du sie denn sonst immer hin?" Jens hofft irgendwie, dass sie sich an den richtigen Ort für ihre Topflappen erinnert, und zugleich erwartet er mit Spannung, dass sie ihn vergessen hat. Wegen Alzheimer. Er macht einen Test mit Susanne. Ihn schüttelt es. Oh, die ganze Sache würde Mut brauchen.

„‚Wo tust du sie denn sonst immer hin?' Das fragst du?", sagt Susanne mit festem Blick in seine Augen.

„Ja."

„Das fragst du, weil du es selbst nicht weißt! Topflappen!", sagt Susanne mit bemühter Schärfe. Dann lächelt sie auf einmal ihr altes Komplizenlächeln und macht dazu eine wegwischende Handbewegung.

„Topflappen", sagt sie wieder, „weißt du überhaupt, wie man das schreibt?"

„Und? Wo tust du sie nun immer hin?" Jens will es einfach wissen.

„An Ort und Stelle. Alles hat seinen Platz."

„Wohin?", mit Nachdruck.

Susanne schweigt. Dreht die Kuchenplatte. Das Lächeln ist nicht mehr in ihrem Gesicht. Sie streicht sich eine graue, verdrehte Strähne aus der Stirn. Zieht den Kuchen heran und pickt einen Streusel herunter. Legt ihn neben die Platte, sucht noch einen Streusel aus, einen dicken, legt ihn neben den anderen.

„So", sie blickt auf. „ Was wolltest du wissen?"

„Wo du deine Topflappen hintust!"

Sie antwortet mit einem Blick, so weh, hilflos und verloren, dass er stockt. Wie er das kennt, oh, wie gut er das vergessen hat. Das Keine-Ahnung-Haben. Vor den Lehrern, vor dem Vater, vor Markus oder Franziska. Es lange vertrotzen und verpfeifen und schließlich eingestehen: Ich weiß es nicht, sag's mir endlich, lass mich nicht so stehen.

„Ich wusste es neulich wieder", sie flüstert es fast.

Unerträglich diese Augen.

„Topflappen“, sagt er deshalb laut, „Topflappen sind in einer Schublade. In der Schublade dieses Küchentisches.“ Er ist verflixt mutig, das zu sagen, denn er ist sich nicht ganz sicher, ob da überhaupt eine Schublade ist in diesem Tisch, und was dann da drin sein könnte, weiß er auch nicht. „Und weil sie aber nun mal verbrannt sind“, fährt er fort, „können sie jetzt natürlich nicht mehr drin sein. Ich kaufe dir morgen neue, und dann kommen sie da rein.“

Susanne atmet tief aus. „Okay, Löwenbaby, so machen wir es.“

Sie lächelt ihn dankbar an, dann rutscht ihr Blick auf seinen Hemdskragen, wo er eine Weile liegen bleibt, bevor er sich wieder auf dem Tisch einfindet.

„Kuchen?“, fragt sie und macht die Tischschublade auf. So selbstverständlich lehnt sich der Oberkörper zurück, greift die Hand blind nach einem Griff, dass Jens sich erinnert: Ja, klar ist da diese Schublade. Immer gewesen, immer lehnte Susanne sich mit dem Stuhl zurück, zog den Bauch ein. Jetzt hat sie zielsicher das große Messer erwischt, Jens hat Zeit, einen Augenblick in die Schublade zu werfen, die ist voll mit Besteck. Wahrscheinlich nicht der Ort für Topflappen.

Susanne schneidet den Kuchen durch. In zwei Hälften, in vier Viertel, schön langsam alle Viertel in schmale und immer schmalere Streifen. Beruhigend regelmäßig. Beunruhigend schmal. Bald wird sie den ganzen Kuchen zu Matsch geschnitten haben. Jens schaut ihr fasziniert zu, ihm fällt die Entscheidungshilfe in seiner Jackentasche ein.

„Mensch, Susanne, das ist doch kein Leben!“, sagt er energisch, er kann es plötzlich nicht mehr aushalten.

Susanne blickt auf: „Du denkst immer noch an diese Häkelarbeiten!“

„Ach, mach keine Witze. Das wird doch immer doller! Nachher weißt du nicht mehr, wie du heißt und wo du wohnst.“

Susanne atmet tief, ihre Augen weiten sich, das Messer bleibt über der Kuchenplatte schweben. „Du, Jens … ich weiß nicht … kann ich denn mit dir darüber sprechen?“

„Über die Krankheit?“

„Über diese dumme Vergesslichkeit.“

Susanne hält das Messer immer noch über dem Kuchen. Dabei guckt sie Jens so langsam an, dass ihr Blick schon verschwommen ist, bevor er bei ihm ankommt.

„Ja, klar", sagt Jens, „mit wem denn sonst?"

„Weißt du, das ist ein anderes Vergessen als früher. Früher, wenn ich was nicht mehr wusste, dann konnte ich noch nachdenken: Da war doch was, da ist doch was, ich muss mich nur besinnen. So in der Art. Aber jetzt, wenn ich was vergesse, ist es einfach weg. Ich weiß nicht mal, dass ich was nicht weiß. Und irgendwann später finde ich dann Sachen ... Gestern zum Beispiel fand ich die Azalee, die mir Betty geschenkt hat, neben dem Klo. Lach nicht, Mensch. Der Blumentopf bei der Klobürste und niemand war hier außer mir. Verstehst du? Und ich denke, wie kann das sein, dass es keine einzige Ahnung mehr gibt, wie ich das gemacht habe?"

„Ach, Scheiße, Susanne, genau das ist es doch. Genau das ist diese Krankheit."

Susanne legt das Messer entschieden neben die Kuchenplatte. Ihre Stirn ist gerunzelt. Jens findet sie zornig, was ihn ärgerlich macht. Er kann schließlich nichts dazu! Aber ihre Stimme klingt nicht zornig:

„Was soll ich deiner Meinung nach machen?"

Das fragt sie ihn! Also, wenn sie ihn das fragt, dann wird er wohl sagen, was er denkt. Er nimmt die Schultern zurück. „Nimm die Erste Wahl, Susanne! Mach es dir noch mal so schön, wie's geht, und dann bist du weg und brauchst das alles nicht zu erleben."

Susanne steht auf, nimmt Kuchenteller aus dem Hängeschrank und setzt sich wieder.

„Du bist immer so radikal."

Sie schiebt die Kuchenschaufel in den Krümelhaufen und türmt bedächtig kleine Hügel auf die Teller.

„Findest du es schlimm?", fragt Jens.

„Diese Sache oder dich?"

„Es macht doch Sinn!", erwidert er und steckt sich ein Stück Pflaume in den Mund.

„Sinn, Sinn, was man halt für Sinn in der Zeitung liest."

Jens arbeitet mit der Zunge Pflaumenschale aus seinen Zähnen. „Du hast also selbst schon dran gedacht?"

„Woran?"

„Na, an das, was in der Zeitung steht: ‚Nutzen Sie Ihre Chance' steht da und ‚Gehen Sie der Demenz aus dem Weg'."

„‚Gehen Sie der Demenz aus dem Weg', ja", jetzt beugt sich Susanne ganz über den Tisch, Jens entgegen: „Das erklär' mir jetzt mal, das möchte ich wohl gern mal verstehen, wie die das meinen in der Zeitung!" Mit Wachsamkeit lauert sie in Jens' Gesicht.

Der kaut nach Spucke. „Du weißt nichts?"

„Das erklär' mir jetzt mal."

Jens braucht nun allerdings was zu trinken. „Hast du ein Bier im Haus?"

Sofort steht Susanne auf.

„Ich schau mal." Sie öffnet die Kühlschranktür, steht davor und guckt lange hinein. Jens auch. Was genau anders ist, weiß er nicht, aber da drin sieht es ungewöhnlich aus. Voller vielleicht?

„Unter der Spüle?", schlägt er vor.

„Ja, sicher unter der Spüle. An Ort und Stelle", sagt Susanne. „Hier. Es ist aber warm." Sie reicht ihm eine Flasche und setzt sich wieder hin.

„Macht nichts." Jens schaut sich um. Es fehlt ein Öffner. Am Nagel überm Kühlschrank hängt keiner mehr. Bevor Susanne noch mal das Suchen anfängt, zieht er lieber sein Taschenmesser aus der Hosentasche.

„Was hast du also auf dem Herzen?", fragt Susanne.

„Ich? Ich hab nichts auf dem Herzen. Du wolltest wissen, was das Gesetz über die Erste Wahl sagt."

„Erste Wahl? Ach, so. Und was sagt sie?"

Jens stöhnt. Susanne verliert so schnell den Faden. Umso klarer weiß er wieder, dass er richtig handelt, wenn er sie von der Ersten Wahl überzeugen kann.

„Also, pass auf. Für Menschen, die sich mit 75 sagen, dass sie den schönsten Teil des Lebens hinter sich haben und es von nun an nur noch beschwerlich und teuer wird, für solche Menschen macht es der Staat jetzt möglich, dass sie sich mit einer großzügigen Abfindung noch mal richtig gute Tage machen können. Also, du würdest an deinem 75. Geburtstag, wenn du die Erste Wahl nimmst, 150 Tausend bar auf die Hand kriegen und könntest damit machen, was du willst."

„Machen, was ich will? Was soll ich denn damit machen?"

„Na, was weiß ich. Mein Freund Peter zum Beispiel hat seinem Sohn einen Haufen Schulden bezahlt. Dann hat er ein tolles Abschiedsfest veranstaltet für alle seine Freunde, und dann …"

Jens wünscht sich, Susanne würde ihn nicht so eindringlich angucken. Er nimmt einen tiefen Zug aus der Bierflasche.

„Und dann?"

„Dann hat er das Pulver geschluckt und ist gestorben."

„Er hat sich umgebracht?"

„Ja, klar."

„Aber wo er doch 115 Tausend bekommen hat, wieso bringt er sich da um?"

„150 Tausend. Weil du, wenn du die Auszahlung bekommen hast, keine Rente mehr kriegst. Und nicht mehr krankenversichert bist. Deshalb gibt es ja das Geld. Damit die vielen Alten nicht jahrelang dem Staat auf der Tasche liegen."

Susanne schweigt. Sie hat schmalere Augen als vorhin und guckt auf einen Punkt in der Luft zwischen ihnen. Sie spitzt den Mund, nickt. Nickt und nickt, ihr ganzer Körper gerät in ein kleines Schaukeln.

„Du meinst die Pyramide", sagt sie. „Die sich auf den Kopf stellt."

„Genau", sagt Jens, „weil du und ich keine Kinder gekriegt haben." Er grinst ein bisschen, aber Susanne bleibt ernst.

„Ich habe das schon mal gewusst", sagt sie. „Schade eigentlich."

„Was?"

„Dass ich so viel vergesse."

Sie schweigen. Ganz lange. Jens hat Zeit für sein Bier, Susanne stochert im Kuchen. Auf einmal entspannt sich ihr Gesicht wieder: „Habe ich dir Kuchen angeboten?"

„Das ist es ja gerade! Dass du diese Krankheit hast, das macht die Entscheidung doch völlig klar."

„Völlig klar?"

„Dass die Erste Wahl für dich die einzig vernünftige Wahl ist. Schau, liebe Susanne, heute war es der Topflappen, morgen ist es vielleicht deine Schürze oder …", er schaut sich um, was ganz Wichtiges sucht er, die Uhr?, das Handtuch?, den Wandteller? Sein Blick wandert herum, nach unten: „Oder deine ägyptischen Schluffen!"

Susanne richtet sich auf: „Du meinst, ich könnte diese wunderschönen Hausschuhe aus Ägypten in den Ofen stecken und verbrennen? Das könnte mir passieren und ich weiß nicht, was ich tue?"

Endlich scheint sie zu kapieren.

„Aber so ist diese Krankheit! Du hast nachher keine Ahnung mehr, was die Dinge bedeuten, du schmierst dir Schuhcreme aufs Brot, weißt nicht, wie rum die Zahnbürste, rennst halb nackt aus dem Haus und findest nicht mehr heim. Du erkennst keinen von uns mehr, beschimpfst alle, sie wollten dein Geld klauen, und vorm vollen Kühlschrank verhungerst du, weil du nicht mehr weißt, wie Essen geht."

„Und mache in die Hose", fügt Susanne tonlos hinzu.

Sie hat, während Jens geredet hat, ihren Kopf nicht bewegt, ihre Augen sind leer und glanzlos. Jens verstummt. Beißt sich auf die Unterlippe. Er fühlt sich weiß Gott elend, aber einer muss Susanne doch sagen, was Sache ist.

„Und mache in die Hose", wiederholt Susanne. Jens holt sich noch ein Bier. Susanne kramt in den Krümeln. Die Küchenuhr läuft und läuft über die Zeit hinaus und nichts passiert.

„Und das Sterben, wie wird das sein?"

„Schön", sagt Jens.

„Ganz gewiss?"

„Aber ja, ich war schon dabei."

„Ist es wirklich das Beste?“

„Ich glaube, ja.“

Sie schweigen. Jede Minute scheint sich siebenmal im Kreis zu drehen, bevor eine neue anfängt.

„Ich weiß nicht mehr, dass ich die Topflappen in den Ofen gelegt habe“, sagt Susanne, „das macht mir Angst.“

„Wovor hast du mehr Angst: vorm Sterben oder vor der Demenz?“

„Vor beidem“, sagt Susanne. Und nach einer Weile: „Was wirst du machen mit dem Geld?“

Jens schaut auf: „Wie meinst du?“

„Na, du wirst es doch haben wollen, oder?“

Er schluckt. „Es würde mich aus dem Schlamassel ziehen, ja.“ Dabei schaut er sie nicht an. Sieht zu, wie sie das Messer in die Schublade legt und sie langsam wieder zuschiebt.

„Was muss ich also tun?“

Jens befreit seine Beine unterm Tisch hervor, geht in den Flur, holt aus seiner Jackentasche den Antrag für die Erste Wahl und das Formular für die Bankverbindung und kommt damit wieder in die Küche.

„Magst du ein Stück Kuchen?“, fragt Susanne fröhlich. „Ich habe ihn gerade frisch gebacken.“

„Du musst hier unterschreiben“, sagt Jens und legt die beiden Formulare auf den Tisch.

„Wo?“

Er macht ein Kreuz auf dem ersten Blatt unten, eins auf dem zweiten Blatt unten. „Susanne Helbrich“, sagt Susanne, während sie schreibt. „Susanne Helbrich, und jetzt lass uns den Kuchen essen, bevor er kalt wird.“

Ruth möchte sie das erzählen. Dass sie unterschrieben hat. Dieses Angebot gegen das Vergessen. Franziska und Markus werden wüten. Sie wird sich hüten. Weil sie dem Kleinen wieder nachgibt. Sie hört die anderen schon meckern. Aber freut sich doch so, dass er wieder da ist. Er kann alles von ihr haben. Er pfeift im Treppenhaus. Kegelt seine Schultasche durch den Flur bis zum Wohnzimmer. Am Ende zieht er meistens eine Katastrophe heraus, eine Fünf oder einen Brief von der Direx. Oder eine tote Katze. Vorhin hatte er dieses Angebot dabei, zum Unterschreiben. Sie hat alles richtig gemacht. Aber ihr graust ein wenig. Nicht wegen Franziska und Markus, die Kinderköpfe. Ruth, die hätte mit den Schachteln gezuckt. Nicht Schachteln, wie heißt das? Oben. Solange du nur lebst, hat Ruth immer gesagt, ist alles gut. Sie weiß gar nicht, warum sie gestorben ist. Ruth. Warum ist sie bloß gestorben? Ruth war jünger als sie. Jedenfalls, denn sie ist die Älteste. Susanne Helbrich. Ruth hat immer oben so gemacht, wie wenn nichts wäre. Sie wird nächste Woche 75. Susanne Helbrich. Für Jens will sie Kuchen backen, lieber Bengel. Aber 75, da dämmert was. Das würde sie besser nicht. Vielleicht hat sie wieder eine Dummheit gemacht? Dass sie 75 wird, kann doch keine Dummheit sein?

Da musste er durch. Jens war fürchterlich schlecht. Er stieg in der Bachstraße 7 die inzwischen wieder vertrauten Treppen hoch in den zweiten Stock. Ihm war ganz so wie mit 16, als er wegen des Einbruchs im Schulkeller von der Schule geflogen war. Auch damals fand er nicht wirklich schlimm, was er gemacht hatte – es war spannend, geil und genial, er hatte niemandem wehgetan, nur was genommen, was rumlag und niemandem mehr half. Aber er war mit dieser Ansicht völlig allein gewesen.

Heute würde er auch völlig allein sein mit seiner Ansicht. Und auch heute war es spannend und genial, was ihm im Kopf rumging, und nüchtern gesehen nahm er Susanne nichts weg, was ihr wirklich half.

Er hatte sich vor ein paar Tagen überlegt, was er Susanne zu diesem Geburtstag schenken könnte. Er wollte nicht gern vor den Geschwistern zurückstehen mit nichts in der Hand oder einem Weihnachtsstern. Aber was ihm auch einfiel, es war alles sinnlos angesichts der Zukunft, die auf Susanne zukam. Bis auf vielleicht Schokolade. Deshalb hatte er jetzt Schokolade in der Manteltasche.

Seine Knie waren weich. Es war sogar anstrengend, die Schuhe auf der Koksmatte abzutreten. Quatsch, nicht Koks, wie hieß das struppige Zeug, Krokus doch nicht, Kork? Ach, egal. Er setzte ein bemühtes Lächeln auf, als die Wohnungstür schon aufflog. Markus schien im Flur auf ihn gewartet zu haben. Er erwiderte Jens' Lächeln nicht, sagte kein Wort und Jens wusste, dass er sich nicht umsonst gefürchtet hatte. Er hatte es ja geahnt, ach, er hatte es natürlich genau gewusst, dass seine Geschwister nicht einverstanden sein würden mit der Ersten Wahl für Susanne.

Ein Schweißfilm steht ihm schon auf der Stirn und sie werden ihm die Hölle erst heiß machen. Das Geld ist auf sein Geschäftskonto überwiesen worden und unterwegs nach Sansibar, um die Verdunstungsanlage wieder in Gang zu bringen. Schweigend sieht Markus zu, wie Jens seinen Mantel auf den rechten Bügel hängt.

„Sieh mal an, da kommt er ja", sagt Franziska, als Jens ins Wohnzimmer tritt. Es klingt wie gesplittertes Eis, von hinten quetscht sich Markus an ihm vorbei.

„Ja, da kommt er ja!" Susannes Stimme ist warm, sie erhebt sich mit Geburtstagseleganz und geht auf Jens zu. „Hier herrscht Trauerstimmung, hoffentlich bringst du gute Laune mit. Magst du Kuchen?"

„Ja, klar, Schwesterchen, angebrannt hast du ihn wohl diesmal nicht?" Oh, was sagt er da? Zu Susanne sollte er jetzt nicht gemein sein. „Deine Kuchen sind doch die besten", schiebt er schnell nach.

„Diesmal ist es aber gekaufter", lacht Susanne, „ich hatte keine Zeit zu backen."

Sie setzen sich an den Wohnzimmertisch, gedeckt mit Blaublümchen. Nur mit Mühe hält Jens Susannes herzlichen Blick aus, von Franziska und Markus kommt gar keiner.

„Kommt Betty nicht?", fragt er die Kaffeekanne.

„Ja, wo sind Betty und Ruth?", fragt Susanne und guckt Franziska an.

„Betty ist noch in der Schweiz." Ruppig klingt Franziska, sie kriegt die Lippen kaum auseinander.

„Warum das denn? Hier spielt doch die Musik."

„Sie ruht sich aus. Die letzte Zeit war hart für sie. Sie ist ja kaum zu sich gekommen, die ganzen Wochen." Markus nimmt eine Postkarte hoch, die an der Zuckerdose lehnt. Dahinter steht ein hellblauer Brief, der Jens amtlich vorkommt, nicht wie Geburtstagspost. „Hier, sie hat geschrieben", sagt Markus und liest vor: „Liebe Susanne, zum Geburtstag alles, alles Liebe, Gesundheit und ein langes Leben. Bestimmt verstehst Du, dass ich dieses Jahr nicht komme. Ich würde Ruth im Kreise der Loewen doch noch zu sehr vermissen. Aber bald besuche ich Dich! Versprochen! Herzlich, Deine Betty."

Jens hat kaum hingehört, der hellblaue Brief ist dick und er erkennt langsam die unauffällige Prägung in der oberen linken Ecke: www.f.de, ganz schlicht. Die Adresse in schöner Handschrift geschrieben. Oder ist es doch ein Druck? Nein, die beiden „n" in „Susanne" sind nicht ganz gleich. Tatsächlich schreiben sie das mit der Hand. Der Brief ist geöffnet. „Herzlich, Deine Betty." Das klingt noch fern in Jens Ohren, als er sich auf einmal der Stille bewusst wird, die sich übers Blaublümchen gelegt hat. Er hebt den Kopf und sieht reihum, alle schauen ihn an.

„Das warst du, oder?" Franziskas Stimme klingt schneidend. Sie hat ihren Kuchen nicht angerührt: „Hast du sie den Antrag unterschreiben lassen?"

Jens schaut schnell zu Susanne rüber, findet diesen traurigen Blick, den er kennt. Der sagt: Ja, der Jens war's. – Markus' Fahrrad zu Schrott gefahren? Mutters Schmuck versetzt? War Jens das? – Ja, das war Jens, sagen Susannes Augen und zugleich ist die Hoffnung darin, dass doch vielleicht ein Indiz übersehen worden wäre, ein Irrtum vorläge, dem Jungen Unrecht geschähe.

„Ich habe sie nicht gezwungen zu unterschreiben! Es war ihre eigene Entscheidung. Stimmt doch, Susanne, oder? Wir haben lange darüber gesprochen."

Markus gibt seiner Kaffeetasse eins mit dem Löffel. „Du Idiot! Was glaubst du, wie lang man von den 150 Tausend leben soll? Das rechnet sich doch nicht. Glaubst du etwa, du kannst das gewinnbringend anlegen? Du?"

„Und die Krankenkasse! Es kann doch alles Mögliche noch auftreten! Wenigstens die Hälfte von allem hätte noch die Kasse bezahlt! Sie ist nicht mehr krankenversichert, ist dir das überhaupt klar?" Franziskas Stimme kippt über.

„Nehmt bitte noch Kuchen."

„Danke, ich mag jetzt nicht."

Ein Törtchen mit Obst in Gelatine schwebt über dem Kaffeetisch.

„Ich hab' noch, Susanne, danke."

„Markus? Bitte! Es ist doch Geburtstag."

Markus schiebt seinen Teller unter die Kuchenschaufel, Susanne strahlt.

„Hauptsache, es schmeckt!"

„Wie kannst du bloß glauben, dass die Einmalzahlung ein Vorteil sei.“ Markus schafft nicht mehr als einen Bissen.

„Außerdem ist überhaupt nicht gesagt, dass es schnell fortschreitet“, fällt Franziska ein. „Schließlich nimmt sie Medikamente dagegen. Das kann noch lange gut gehen. Es muss gar nicht schon bald …“, sie unterbricht sich, „Vielleicht hat sie noch viele Jahre!“

„Na, toll, diese Medikamente, was die wohl bewirken“, antwortet Jens. „Die dehnen das Desaster doch bloß aus. Es gibt keine Heilung.“

Jens hat sich informiert. Was glauben die Affen denn? Dass er etwa nicht weiß, was er tut? Und natürlich ist Jens klar, dass sie nicht mehr krankenversichert ist, mein Gott. Haben die nicht kapiert, wie das Ganze gemeint ist?

„Was ist das denn für ein Leben“, sagt er laut, „was da auf einen zukommt, was ihr noch versichern wollt. Seid ihr blind? Wisst ihr nicht, wie das weitergeht? Wünscht ihr das irgendjemandem hier? Habt ihr Vater vergessen? Ein Opfer in alle Richtungen. Und für was bitte? Kann einer von euch sagen, dass Vater ein schönes Leben hatte?“

„Vater?“, fragt Susanne. „Ach, Vater hatte es doch gut, warum streitet ihr bloß?“

Franziska schnappt nach Luft. „Das sagt ausgerechnet einer, der sich um Vater keinen Deut gekümmert hat, weder mit noch ohne Demenz!“

„Was weißt du davon, wie ich mit Vater war. Du warst ja nie dabei.“

„Nie dabei? Spinnst du?“

„Es geht doch hier nicht um Vater!“

„Wo ist Ruth?“

„Ruth ist gestorben, Susanne.“

„Oh Gott.“

„Seht ihr?“, sagt Jens und in seinen Augen ist es hell wie von Recht und Gewissheit. Er nimmt Susannes Hand. „Du hast es vergessen, Susanne, du hast es schon vergessen. Ruth ist gestorben.“

„Doch, ich weiß es ja wieder. Vater ist auch gestorben, ihr redet doch von Vater?“

„Wir reden nicht von Vater, Susanne, wir reden von dir und wovon du leben wirst."

„Aber das ist doch noch weit hin!"

„Das ist es ja eben."

„Meine Güte, wie borniert ihr seid, so oder so kann man nicht von der halben Rente leben. Und mit dieser Krankheit ist das Leben sowieso zum Vergessen, ein einziger Krampf!" Jens ist aufgesprungen. „Wie könnt ihr ihr das wünschen?"

„Wer spricht denn hier von Wünschen? Das hat keiner gewünscht. Es ist nun mal so und so ist es nun mal."

Es ist nun mal so. Jens lehnt sich ans Buffet. Was für ein Argument! Er wird ruhiger.

Franziska faucht weiter: „Es ist ihr Leben und sie soll es so zu Ende leben, wie sie will und kann."

„Meine Worte!", sagt Jens und verzieht den Mundwinkel. „Sie hat unterschrieben, dass sie nicht mehr will und kann."

„Aber ich kann doch!"

Susanne ist aufgestanden und hat sich neben Jens gestellt. „Ich kann, das weißt du doch. Wir schaffen das schon. Ich helfe dir." Sie legt den Arm um Jens, der macht die Augen zu. „Susanne!", sagt er eindringlich und leise, „du verwechselst alles. Es geht nicht um mich."

„Aber du hast doch gesagt, dass du das Geld brauchst."

Ohne die Augen aufzumachen, sieht er das Weiß in Franziskas Augen, spürt Markus in seiner dicken Strickjacke zum Panzer werden. Unbeweglich wie eine Theaterkulisse stehen Tisch und Stühle, das Sofa, die Bilder an den Wänden mit Seerosen, sitzen seine beiden Geschwister und starren. Jens lässt die Augen zu, es muss abzuwarten sein.

„So, nun ist mal gut", sagt Susanne in die Stille und hört auf, Jens zu streicheln. „Setz dich an den Tisch, Junge." Und zu den beiden anderen: „Ich möchte, dass ihr euch vertragt. Redet nicht so viel dummes Zeug. Jens!" Und als der sich nicht rührt, noch mal ruhig und deutlich: „Jens!" Da setzt er sich an den Tisch. Schiebt mit dem Unterarm seinen

Kuchenteller zurück, vielleicht ist das Schlimmste vorbei. Susanne hat mit dieser festen Stimme geredet, mit der sie immer die Zügel in die Hand genommen hat. Vielleicht kann sie auch jetzt den Karren aus dem Dreck ziehen.

„Wo ist das Geld?", fragt Franziska.

„Es ist angelegt."

„Wo?" Markus will es auch wissen.

Jens bewegt die Schultern, atmet zweimal. „In Sansibar."

„Magst du noch Kuchen?"

Jens hebt Susanne seinen Teller entgegen. Diesmal ist es Marmorkuchen, den sie balanciert. Jens bricht das Stück mit der Gabel entzwei.

„Wann kannst du es wieder loseisen?"

„So war das nicht gedacht."

„Wie meinst du das?"

„Vergossener Milch soll man nicht hinterherweinen", sagt Susanne.

„Wie meinst du das jetzt, Herrgott noch mal?"

Franziska und Markus und auch Susanne, alle drei sitzen mit großen Augen vor ihm und warten. Erwarten etwas von ihm, was er auf keinen Fall bringen kann. Sowieso nicht und weil es zu spät ist. Peter!, denkt er, zu dumm, dass Peter tot ist. Jens bräuchte dringend jemanden, der ihm zulächelt, und findet immerhin das Gesicht der Frau im Bürgeramt. Und wie sie wusste, dass es sich manchmal etwas komplizierter gestalten könnte. Nein, er ist nicht allein, man kann es so machen, viele machen es so. Die meisten machen es so. Zum Teufel mit seiner bornierten Familie.

„Es steht ja drin, oder? Steht es nicht in dem Brief? Was man macht, wenn es nicht weitergeht?"

Und er macht, was er immer gemacht hat, wenn er nicht wusste, wie's weitergeht, er steht auf, um zu gehen. Geht in den Flur, nimmt seinen Mantel aus dem Schrank. Fühlt die Schokolade in der Tasche. Da spürt er Franziskas Hand seinen Oberarm umklammern, dass es weh tut. „Komm nicht wieder, hörst du? Komm nie wieder!" Und sie lässt ihn los wie etwas, das man in den Müll tut.

2028

Fest gemauert in der Erden ist die Form aus Lehm gebrannt. Heute muss die Glocke werden, frisch Susanne, sei zur Hand, jaja, das war einmal.

Noch mal: Fest gemauert in der Erden steht die Form aus Lehm gebrannt, heute muss die Glocke werden, fest Gesellen seid imstand, von der Stirne heiß rinnen muss der Schweiß, soll das Werk den Meister loben, doch der Segen kommt von oben.

Na, also. Geht doch noch.

2029

Fest gemauert in der Erden steht die Form aus Lehm gebrannt. Heut noch kann die Glocke werden, frisch Gesellen seid gespannt, - seid verstand. Gesandt.

Von der Stirne heiß rinnen muss der Schweiß.

So? Ging das denn so?

2030

Fest gemauert hier auf Erden steht die Glocke hin und hand. Heute muss die Glocke werden, frisch Gesellen hin und hand. Denn, von Sinnen weiß rinnen muss der Schweiß.

Na also.

2031

Frisch gemauert und auf Erden, frisch gemauert sollst du werden. Frisch gemauert und gemauert, Frisch und Fisch und Fisch und Fisch.

Hallo?

Hallo!

2032

Laura nimmt die weiße Wäsche vom Ständer, sie ist heute vorm offenen Oktoberfenster schnell trocken geworden. Handtücher von alter Qualität, gewiss zweihundertmal gewaschen, dünn, krachern und saugfähig. Erlahmte Unterhosen. Auch große, pragmatische Unterhosen können neu und spannend sein, diese sind es nicht mehr. Aus der Form geraten auch die Unterhemden, in die Susanne Helbrich leicht hineinschlüpfen kann, und Schlafanzüge, deren Hosen Laura letzte Woche alle mit neuem Gummi versehen hat. Frau Helbrich hat ihr dabei geholfen. Doch, es war durchaus hilfreich, dass sie zugeschaut hat. Ab und zu hat sie die fertigen und die noch nicht fertigen Hosen durcheinander gestapelt und dabei Laura mit Komplizenblicken bedacht. Keine Hilfe wäre gewesen, wenn sie ihr die Arbeit aus der Hand genommen und erklärt hätte, das mache sie schon gerne selber. Allerdings ein andermal. Jetzt nicht!

Wäsche. Dreimal die Woche steht die auf dem Tagesprogramm. Das ist gut, das gibt Sinn, Wäsche macht einen großen Teil von Susanne Helbrichs altem Leben aus, Wäsche ist naheliegend, notwendig und einfach zu verstehen. Susannes Wäsche macht auch einen Teil von Lauras mittelaltem Leben aus, denn das Waschen gehört zu ihren Aufgaben.

Susanne scheint auf dem Sofa eingeschlafen zu sein, deshalb schleicht Laura den Korb an der Wohnzimmertür vorbei und leert ihn auf dem großen Bett im Schlafzimmer aus. Es ist das ehemalige Ehebett von Susannes Eltern. Die Tagesdecke schimmert kunstseidig in grünvergilbten Ornamenten. Überhaupt hat sich hier wohl seit Susannes Kindertagen nicht viel verändert. Soviel Laura weiß, blieb der Vater Loewe, nachdem alle fünf Kinder aus dem Haus waren, in der großen Wohnung allein, bis er anfing zu tüddeln und Susanne sich seiner annahm. Anfangs kam sie nur besuchsweise, dann vorübergehend und schließlich war sie eben ganz eingezogen. Nun ist der Vater längst tot, Frau Helbrich selbst 80 Jahre alt und ihre Demenz fortgeschritten.

Da ist doch was! Da schleicht doch jemand!

Sie schläft aber nicht, das braucht der nicht zu glauben. Geborene Loewe, murmelt sie lautlos. Geborene Loewe fühlt sich gut hinter ihren Augenlidern. Aber schlafen tut sie nicht, das glaubt man ja wohl, wenn jemand durch ihre Wohnung schleicht. Mag sein, dass sie die Augen zuhat und in ihrem Bett liegt. Mag sein, dass es nicht ganz genau ihr Bett ist. Aber was da quietscht, ist die Küchentür, sie kennt doch wohl ihre Küchentür.

Soso, es ist das Sofa, das sieht sie jetzt. Vielleicht hat die Mutter sie aufs Sofa gelegt, schön unter die karierte Decke. Vielleicht ist es die Mutter, die schleicht. Dann will sie mal aufstehen. Da liegen die ägyptischen Schluffen auf dem Teppich, für die Füße. Jetzt ist es im Schlafzimmer, aber nicht die Mutter. Das will sie wissen, wer da sein Unwesen treibt in ihrer Wohnung.

Achtung, wenn der Tisch schwankt. Der runde Tisch. Etwas liegt darauf, das sie nicht kennt, sie fasst es an. Es ist gut anzufassen, aber man kann nie genau sagen, was es ist. Wie knochig ihre Finger sind und die Haut darüber dünn wie bei einer alten Frau. So einiges stimmt hier nicht.

Jetzt kommt es wieder aus dem Schlafzimmer.

Man muss kleine, kleine Schritte machen, am Tisch halten, am Stuhl, jetzt einen kleinen ohne Festhalten und zum Türpfosten. Allerhand, dass da jemand in ihrer Wohnung ist. Leise kleine durch den Flur, an der Wand lang. Bis zum Schlafzimmer. Vorsichtig mit der Nase um die Ecke.

Ha!

Hat sie's doch gewusst, da ist jemand! Steht überm Bett ihrer Eltern und kruscht in den Sachen. Wehe ihm!

In aller Ruhe faltet Laura die Wäsche. In dem großen eichendunklen Kleiderschrank hat alles seinen Platz. An den Fächern kleben Klebeschilder, die Tintenschrift drauf ist verblasst: „Unterhosen", „Unterhemden", „Strümpfe", in Frau Helbrichs eigener Handschrift. Laura findet das sehr intim und liest die Worte jedes Mal mit Ehrfurcht. Ein versunkener Schatz. Frau Helbrich kann nicht mehr schreiben. Stammen diese Zettel noch aus der Zeit, in der sie ihrem Vater Wege durch seine zerbröselnden Ordnungen bahnen wollte? Hat sie die Kleber gar für sich selbst angebracht? Allein, in gelassener Kenntnis dessen, was sie auf sich zukommen wusste? Oder widerwillig, in trotziger Angst zusammen mit Franziska, ihrer jüngeren Schwester?

Ähnliche Klebeschilder gibt es auch an den Küchenschränken: „Gewürze“ kann man noch lesen. Da, wo die Tassen drin sind, ist vom Etikett nur noch eine graue Klebespur sichtbar.

„Was machen Sie da?“

Laura fährt zusammen, Susanne Helbrich steht in der Tür und guckt kriegerisch auf die Person, die da Unterwäsche auf dem Bett verteilt hat.

Dummerweise hat Laura Susannes Schritte im Flur nicht tappen gehört.

„Oh, Frau Helbrich! Ich lege nur Wäsche zusammen und tue sie in den Schrank.“

Sie fühlt sich erwischt. Diesen Teil der Wäsche macht sie tatsächlich am liebsten heimlich, denn Frau Helbrich mag niemanden in ihrem Schlafzimmer dulden. Laura war sehr leise, aber womöglich haben Frau Helbrichs Argusohren ihr verstohlenes Leisesein gerochen.

„Und wer hat Ihnen das gesagt? Ich meine, da muss doch eine … ein … da muss doch eine Autorität hinterstecken.“ Frau Helbrich steht ganz so im Türrahmen, als sei sie und nur sie diese Autorität.

„Ich bin hier bloß die Wäschefrau“, antwortet Laura, „die Hausfrau sind Sie!“

„Das will ich meinen!“ Frau Helbrich kommt jetzt mit Strenge auf Laura zu. Langsam und etwas wackelnd, denn zwischen Türrahmen und Bett ist nichts, wo sie sich festhalten kann. Laura faltet sorgsam und untergeben weiter Unterwäsche und hat dabei ein Auge bei Frau Helbrich, zu der sie in einer kritischen Situation wie dieser niemals Susanne sagt. Sie ist erleichtert, als sich die wackelige Dame, die hier der Haushaltsvorstand ist, aufs Bett sinken lässt.

„Sie haben schöne Wäsche, Frau Helbrich", sagt Laura und streicht über ein bleiches Unterhemd.

„Schön ist wohl übertrieben." Susanne fasst die Wäsche nicht an. „Unterzeugs."

Laura nickt. Sie hält eine Hose vor den Bauch, drittelt sie, dann einmal quer halbiert, Kante auf Kante, so geht das hier mit den Unterhosen.

„Und der Vater?", fragt Susanne. Laura guckt hoch. „Der Vater? Ja – weiß ich auch nicht."

„Vielleicht in der Kommode?" Susanne stemmt sich hoch, sie ist groß, aber dünn und braucht sich nicht so sehr anzustrengen, in die Höhe zu kommen. Jedenfalls nicht, wenn sie was im Sinn hat. Laura kennt auch die totale Unaufstehbarkeit der Susanne Helbrich, geborene Loewe, wenn sie zu einem Spaziergang überredet werden soll. Susanne zieht die schwere Kommodenschublade auf, Schals, Taschentücher, Handschuhe und Strickmützen sind darin.

„Wo sind sie?"

„Was denn?"

„Seine Unterhosen!"

„Die vom Vater?"

„Ja, natürlich. Sie haben ja nur die weiblichen Exemplare!"

„Stimmt. Das sind alles Ihre."

„Unfug. Das sind nicht meine."

Zwei kleine Stapel, alles Frau Helbrichs Unterhosen. Laura macht die Schranktür auf und legt sie ins entsprechende Fach. Susanne kommt dazu. „Da könnten sie drin sein." Sie guckt auf das Schild „Unterhosen". Sie sieht aus, wie man aussieht, wenn man liest. „Da steht was", sagt sie streng.

„‚Unterhosen' steht da."

Susanne schüttelt den Kopf. Blickt von einem Fach zum anderen, hält bei jedem Schild inne. Sie liest an ihnen herum, ihr Kopf wackelt in andauerndem Erstaunen. Sie geht ganz nah ran, als sei sie kurzsichtig. Dann zieht sie aus den Hintergründen des Faches „Kopfkissenbezüge" etwas heraus, das ein Bademantelgürtel zu sein scheint, aber in der Tiefe klemmt. Susanne zerrt ein bisschen, dann gibt sie auf. Wendet sich Laura zu, die ihren teilnahmsvollen Blick wieder auf die Wäsche konzentriert. Susanne schnaubt: „Haben Sie nichts anderes zu tun?“

„Ein langweiliges Geschäft“, Laura seufzt, „Wäschefalten“.

„Was heißt da langweilig. Gemacht werden muss es ja.“

Da ist die Generalin also wieder aufgetaucht aus der verlorenen Wäsche, denkt Laura und grinst, ohne eine Miene zu verziehen.

Noch die Schlafanzüge, noch zwei Laken, was anderes hat sie nicht zu tun und gemacht werden muss es ja. Susanne sitzt wieder auf der Bettkante und schaut zu, alles in den Schrank, Tür zu mit kleinem Quietschen, sie schließt nicht mehr richtig, Laura ist fertig. Sie lässt sich neben Susanne aufs Bett fallen. Die berührt ihren Arm.

„Haste's jetzt geschafft, hm, biste froh?“ Eine Tante spricht so, eine Mutter, eine liebe alte Frau.

„Ja, alles wieder schön an Ort und Stelle. Fertig.“

Laura lässt ihren Kopf an Susannes Schulter sinken und genießt es, sich von ihr die Wange tätscheln zu lassen. Sie spürt die schmale kühle Hand, knochig und trotzdem weich. Die Berührung ist fahrig, als ob die Hand Streicheln erst lernte, aber die Güte darin ist echt und uralt. Laura fühlt sie warm bis in den Bauch.

Nach einer kleinen Weile richtet sich Frau Helbrich auf. „So. Haben Sie also vielen Dank. Bis ein andermal.“

Und so himmelklar es war, dass Frau Helbrich dem jungen Ding herzlich zugetan war, so selbstverständlich ist es nun, dass die Wäschefrau entlassen ist. Frau Helbrich schiebt einigermaßen die Tagesdecke weg, legt sich aufs Bett, holt die Beine ein. Ein kleines Zögern tritt zwischen ihre Augen beim Betrachten der Hausschluffen an ihren Füßen, dann ein dankbares Nicken, als die Zofe sie ihr auszieht und bedächtig neben das Bett stellt. Laura legt ein Lächeln und die Tagesdecke über Susanne. Sie geht raus und messingweich trennt das Seufzen des Türschlosses ihre Welten.

Jens hat keine Ahnung von Laura und Laura weiß nicht, ob es Frau Helbrichs schlimmen Bruder Jens überhaupt noch gibt. Dabei steuern beide regelmäßig dieselbe Lieblingsbank im Kleinen Stadtpark an, die mittlere im Rund um den vermoosten Springbrunnen. Über die blühen im Sommer Rosen und im Rücken fehlt ihr nur ein Holz. Die Rosenranken nehmen so viel Platz auf der Bank ein, dass die Wahrscheinlichkeit, jemand könnte sich dazusetzen, gering ist. Und das ist gut so, denn sowohl Jens als auch Laura suchen diese Bank auf, wenn sie allein sein wollen.

An diesem heißen Junimittag hängen die Blüten der Rose in bereits beginnender Ermattung über die halbe Bank. Im Kleinen Stadtpark hegt kein Gärtner diese alte Pracht. Er gehört nicht mehr zu den Grünflächen, die im städtischen Pflegeplan berücksichtigt werden, und Rosen und Winden ranken frei, Himbeeren und Liguster und Stockrosen gedeihen unbeaufsichtigt in alle Richtungen.

Meistens steigt Jens drei Stationen vor „Kleiner Stadtpark“ aus und geht das restliche Stück zu Fuß, um seine Knie ein bisschen in Bewegung zu bringen. Er ist 73 Jahre alt, Rentner mit Arthrose und Bauchansatz, alles geht seinen normalen Gang, kein Grund zur Aufregung. Vielleicht hätte er Sport treiben sollen, denkt er manchmal, gleich mit Beginn der Rente hätte er damit anfangen sollen. Aber als er 70 wurde, war er in einen erstaunlichen Stillstand geraten. Die fünf sicheren Jahre, auf die er sich gefreut hatte, waren ihm wie ein Warteraum vorgekommen, in dem sich nur kleine Kreise ziehen ließen. Mit einem leichten Antidepressivum hilft er sich über diesen Zustand hinweg und kann auch seine Arthrose gelassen nehmen. Eine Operation fürchtet er nicht, keine Krücken, keinen Rollstuhl. All das wird es für ihn nicht geben. Er wird Schmerzmittel nehmen, solange sie was bringen, und danach wird er die Szene verlassen, das ist seine Gewissheit, daran hält er sich.

Er findet seit einiger Zeit wieder einen friedlichen Gefallen daran, gelegentlich und wenn das Wetter passt, seinen Kleinen Stadtpark aufzusuchen. Da gibt es immer noch Stefan Schülkes Kiosk, inzwischen nur viel moderner und größer und längst ohne Stefan Schülke, da kauft er seinen *Fortschritt* und sucht seine Bank auf. Um in Ruhe die Zeitung zu lesen und harmlosen Fantasien nachzuhängen, wie er vielleicht doch sein Glück und sein Geld noch ein wenig vermehren kann und was er mit der Einmalzahlung anstellt, die ihm nächstes Jahr blüht.

Wie üblich sitzt niemand auf der Bank, wie immer legt er den halben *Fortschritt* auf die Sitzfläche, die vordere Hälfte mit Weltpolitik nämlich, und obwohl nichts anders ist als sonst, fällt ihm zum ersten Mal der bedenkliche Zustand der Rückenlehne auf, und er fragt sich, wie lange die verbliebenen Bretter noch halten werden. Er streicht mit der Hand über das mürbe Holz. Und was dann ist, wenn sie zerfallen sein werden. Er weiß es nicht, setzt sich auf die Weltpolitik, holt die Lesebrille aus der Jackentasche und faltet den lokalen Teil des *Fortschritt* auf. Es ist seine Zeitung. Der Fortschritt ist immer noch seine Partei. Und das Lokale ist seine Heimatstadt.

Schließlich aus alter Gewohnheit in die Stellenanzeigen vertieft, hat er Lauras Kommen nicht bemerkt und fühlt sich ertappt, als er aufsieht. Die Frau steht wie aus der Erde gewachsen zwei Meter vor ihm, sie hat schöne dicke Beine, die bis zum kurzen Rock sonnengebräunt sind, und nach einer bunten Bluse landet er in ihrem Gesicht. Die Frau nimmt eine braune Haarsträhne aus der Stirn, ihre Augenbrauen sind hochgezogen, als habe sie ihn etwas gefragt und warte auf Antwort. Wie zur Antwort nimmt er die Brille ab und legt das Lokale in den Schoß.

„Ich möchte nicht stören“, sagt Laura, steht aber unbeweglich, als gehöre diese Bank ihr. „Ich hatte niemanden hier erwartet.“

„Ja, hier ist auch nie jemand“, sagt Jens, den gerade fasziniert, dass die eine Hand der Frau ganz entspannt an ihrer Seite baumelt, grad da, wo ihr Rock endet, während sie die andere stark in die Hüfte stemmt, und dabei merkt er schon, er wäre bereit zu rutschen. Entweder nach rechts in die Ranken oder nach links ganz an die Kante. In diesem Fall müsste die Frau sich zwischen ihn und die Rosen quetschen. Er rückt in die Ranken. „Danke", sagt Laura und nimmt, bevor sie sich niederlässt, die Zeitung weg. Reicht sie ihm. Ein ganz kleines Zögern ist dabei, Jens kennt das, es ist das Erkennen der Zeitung.

Sie ist auch nicht zu verkennen, nur der *Fortschritt* druckt sich auf hellblauem Papier, hinter dieser Zeitung kann man sich nicht verstecken. Nicht dass sie noch Diskussionen auslöste, man verhält sich meist stillschweigend, egal ob man mehr oder weniger dafür ist. Die, die mehr dafür sind, sitzen allenfalls etwas kumpeliger miteinander auf der Bank. Jens kann das gut, kumpelig miteinander auf der Bank sitzen. Die, die weniger dafür sind, haben so was – na, eben so was Überlegenes. Jens kann das nicht leiden. Es erinnert ihn an seine Schwester Franziska. Von dieser Frau im kurzen Rock kann er es noch nicht sagen.

„Ich habe Sie noch nie hier gesehen, dabei scheinen Sie auch gern hier zu sitzen?", fragt er die junge Frau, na, so jung ist sie auch nicht mehr. Er hat lange nicht mehr gelächelt, fällt ihm auf und er hofft, dass es gelungen ist. Es scheint so. Die Frau lächelt auch kurz, lehnt sich zurück und macht die Augen zu. Schlägt die Beine übereinander. Jens sieht im Augenwinkel, wie ihre Brust sich beim Atmen hebt und senkt. Sie trägt schwarze Sandalen und ihre braunen Beine sind nicht rasiert, das kann er, ohne zu schielen, sehen. An ihren roten Zehennägeln bleibt er in aller Ruhe hängen.

„Vielleicht sind Sie immer mittags hier?" Das sagt sie wie aus der Ferne und kommt erst langsam mit den Augen zu ihm. „Mittags komme ich nur selten."

„Ein schöner Platz, nicht wahr?", sagt Jens und braucht nicht zu lächeln, weil die Frau jetzt wieder einen Bogen durch den Park guckt.

Er hat den *Fortschritt* zwischen sich und die Rosenranken geklemmt und dabei ist eine Blüte, schon weich und matt und schwer, abgeknickt. Er rupft am Stängel herum, dreht an der Knickstelle, bis er die Rose in der Hand hat, und reicht sie Laura.

„Ach", sagt die. Führt sie zur Nase.

„Duftet sie?“, fragt Jens und lächelt wieder.

„Ja. Ach, das ist sehr nett. Sie duftet wunderbar.“ Laura drückt ihr Gesicht tief in die rosaweiche Blütenmasse. „Ich nehme sie mit zu meiner Stelle, das wird uns auf andere Gedanken bringen.“

„Zu ihrer Stelle?“

„Ja, ich betreue …“, sie zögert, „Kinder“.

Jens hat die irritierte Pause bemerkt, sie wird keine eigenen kriegen können, denkt er. „Oh Gott, da brauchen Sie Geduld, oder? Sind sie noch sehr klein?“

„Nein, nicht sehr.“ Laura steht auf, sie reicht ihm die Hand, Jens steht auch auf, keine Spur von Schmerz in den Knien. Ihr Händedruck ist freundlich und kurz. „Danke für die Rose“, sagt Laura und in ihren Augen sucht Jens vergeblich nach Zeichen, ob sie nun mehr oder weniger für den Fortschritt ist.

„Auf Wiedersehen“, sagt er.

Das Lokale liegt links von ihm und das Weltpolitische hat er sich wieder untergeschoben. Schaut eine Weile seine Schuhe an, nur so schlichte braune Schuhe, geschnürt, dann hebt er den Blick in die Büsche und Bäume. Nach einer halben Stunde steht er auf und geht. Am vermoosten Springbrunnen vorbei, da bleibt er stehen, dreht sich um, geht noch mal zur mittleren Bank und sammelt die Zeitung ein. Steckt sie in die Tasche seines Jacketts. Wieder beim Springbrunnen bleibt er erneut stehen. Eine Weile spannen seine Schultern beim Atmen das Jackett. Dann holt er mit dem Arm weit aus, macht eine Drehung auf einem Bein wie in der Tanzstunde, sein Mund ist spitz, als pfiffe er oder wäre die Milch sehr heiß. Er geht zum Rosenstrauch und biegt sich noch einen kleinen Zweig mit Blüte ab. Es geht nicht so leicht. Geht aber, er will es.

Laura beeilt sich, in die Bachstraße zu kommen. Es sind keine kleinen Kinder, die sie da betreut, sondern eine demente alte Frau. Das erzählt sie doch keinem Wildfremden im Park. Sie rennt jetzt. In den vier Jahren, die sie sie betreut, hat sie Susanne noch nie allein gelassen, denn sie ist desorientiert und gehunsicher und will natürlich trotzdem alleine aufstehen, nach Hause gehen oder einfach eigenwillig durch ihre Wohnung laufen. Dann zur Stelle zu sein, ist Lauras Aufgabe. Aber Susanne ist manchmal ungnädig, kritisch, unausstehlich, und sie kann aus verborgenen Gründen einen ganz schrecklichen, höchst gerechten Zorn entwickeln. Deshalb ist Laura ja vorhin auch weg. Diese wahnsinnige Alte!

Schon beim Frühstück, das Susanne Helbrich im Bademantel ihres Vaters einzunehmen geruhte – an Waschen und Anziehen war mal wieder gar nicht zu denken gewesen –, ging es los: „Wie laufen Sie denn rum?" Was ihr an Lauras Rock nicht gefiel, ahnte Laura, wahrscheinlich war er ihr zu kurz. Dann wollte sie ihr Medikament nicht einnehmen: „Wie lange soll ich mir Ihre Giftversuche eigentlich noch gefallen lassen?" Ausgerechnet! Wo gerade Laura mit aller Kraft gegen Gift war. Die Pille gegen Bluthochdruck wanderte also zurück in ihr Döschen.

Laura hatte sich leicht damit abgefunden, dass Frau Helbrich mal wieder einen Tag im Bademantel verleben würde. Es ging der Welt besser mit einer zufriedenen ungewaschenen Frau im Bademantel als mit einer erbosten geföhnten Hexe im Sommerkleid. Denn boshaft konnte sie sein: „Für wen soll ich mich denn hier in Schale werfen?"

Als sie jedoch zwei Stunden später im Bad die Kleidung sah, die für heute bereitlag, änderte sie ihre Meinung. „Mein Schottenrock! So ein schöner, anständiger Rock."

„Hübsch sehen Sie darin aus", versuchte es Laura, als sie ins Wohnzimmer zurückgingen, aber Susanne hob nur eine Augenbraue und machte eine minimale wegwischende Bewegung mit der linken Hand. Laura verstand die Drohung und schwieg. Ihrer Stimme die

Freundlichkeit und Geduld zu verleihen, die jetzt nötig wären, um die streitbare Susanne zu versöhnen, wäre ihr nicht geglückt. Und halbherzige Versuche machten die alte Giftzange nur noch unwirscher.

Auch ein wortloser Annäherungsversuch nach dem späten Frühstück brachte keinen Frieden. Im Gegenteil, die Ohrfeige, die Laura sich einhandelte, als sie mit einem von Susannes Fotoalben an den Tisch kam – sie hatte nicht gefragt –, war gesalzen. „Wer hat Sie überhaupt reingelassen? Holen Sie die Polizei! Sie widerliches Stück, Sie. Raus hier! Raus raus raus hier!" Schließlich kapitulierte Laura. Sie drückte Susanne wortlos, sanft und entschieden auf ihren dicken, abgeschabten Sessel – da würde sie Zeit brauchen, um sich wieder hervorzuarbeiten –, ging zur Wohnungstür und raus raus raus hier, und von außen abgeschlossen. Sie war in den Park gerannt, der gleich am Ende der Straße losging, zu ihrer Bank. Um kurz allein zu sein, kurz sie selbst oder wer auch immer zu sein, jedenfalls allein.

Laura verlangsamt, kommt wieder zu Atem. Bachstraße 7. Sie ist ja schon wieder da, insgesamt ist sicher nicht mehr als eine Viertelstunde vergangen. Die beschnitzte Haustür drückt sich schwer auf, Terrazzo der Fußboden, die Briefkästen rechts an der Wand, nein, nach Post guckt sie jetzt nicht, Susanne schreibt sowieso keiner mehr und was für die Studentinnen noch per Briefpost kommt, sollen die selbst rausholen. Laura lauscht nach oben – kein Rufen, kein Poltern an Türen, ein Glück.

Laura geht gern dieses Treppenhaus hinauf, ein altes Bürgerhaus, vor Jahrzehnten mal gut restauriert, seitdem lebt es sich wieder ab: Der Lack an den Türrahmen verblättert, vor allem in Schlüsselbundnähe, die Farbe an den Wänden ist stumpf geworden und mancher Umzug hat Kratzer im Putz hinterlassen. Die Geländerknöpfe auf den Zwischenabsätzen sind glatt und glänzend durch Tausende von menschlichen Kurven und das Usambaraveilchen im Fensterbrett auf der halben Treppe, denkt Laura, das hat so bestimmt immer schon da gestanden.

Vor der Etagentür neigt sie den Kopf, nein, nichts zu hören. Sie schließt auf. „Frau Helbrich?“ Keine Antwort. Vorn in der Küche ist sie nicht, Unheil zittert in der Luft, es ist zu viel Ruhe in der Wohnung, Laura macht die Wohnzimmertür auf. Da liegt sie. Susanne zusammengekrümmt auf dem Teppich, rechte Seitenlage, der untere Arm irgendwie ungünstig verklemmt, Blut ist da, die langen dünnen Beine verstrickt mit den Beinen des Sofatischchens und ein Durcheinander. „Oh, Frau Helbrich!“ Laura kniet neben dieses quere Häufchen Mensch, legt ihre Hand an den dünnhaarigen Hinterkopf, trocken und warm, Blut ist dort nicht, es kommt aus einer Platzwunde an der Schläfe.

„Frau Helbrich, können Sie mich hören?“ In dem kleinen Gesicht, in den vielen weichen Falten öffnet sich ein Auge.

„Na, Gott sei Dank, mein Kind. Eine Misere!“

„Wo tut es weh, Frau Helbrich?“

„Was?“ Laura ist erleichtert: Diese ungeduldigen Falten auf Frau Helbrichs Stirn und die Schärfe in ihrem „Was?“, wenn sie nicht verstanden hat, sind ein gutes Zeichen für Leben und Kraft. „Tut es irgendwo weh?“, wiederholt sie lauter.

„Das weiß ich nicht, ich verblute.“

„Ich hole was“, ruft Laura und geht zur Küche, Textomull, nassen Lappen, Verbandszeug. Schnell ist sie, aber nicht mehr aufgeregt, sie weiß, was zu tun ist. Sie wird das Blut versorgen und dann vorsichtig prüfen, ob was gebrochen ist. Wenn nur nichts gebrochen ist, bloß kein Oberschenkelhalsbruch, Gott, helf! Lauras Konzentration ist Gebet.

„Kannst du dich aufsetzen?“ In bestimmten Situationen duzt Laura Frau Helbrich. Wenn sie beide einen Liedvers suchen oder Kartoffeln schälen wie seit alters her, oder wenn Laura auf dem Klodeckel sitzt und wartet und wartet und zusieht, wie Susanne unbedingt ein Stück Seife in den Waschhandschuh packen muss. Während sie vorsichtig Susannes Füße, Knie und Hüften und Ellbogen abtastet, schaut sie ihr immer wieder ins Gesicht: „Tut’s weh?“ Nein, kein Zusammenzucken, kein Aufstöhnen. Diese verknuffelte Mundpartie und die schmalen Augen sind kein Schmerzindiz, solcherlei Gesicht macht Frau Helbrich immer, wenn sie mit der Szene insgesamt nicht einverstanden ist.

Laura legt ihre Hände auf Frau Helbrichs Hüften, spürt die Knochen deutlich durch den wollenen Rock. Sie erschauert ehrfürchtig angefühls der Härte der Knochen in dem alten fragilen Körper. Sie angelt ein Kissen vom Sofa, legt Textomull drüber und bettet Frau Helbrichs Kopf drauf. „Geht's?"

„Alles voll Blut hier!"

„Ja. Tut weh, hm?"

„Wo?"

„Am Kopf vielleicht?"

Frau Helbrich fasst sich an die Wunde. Sie ist blass hinter dem Blut und ihre Augen liegen tiefer in den Höhlen als sonst schon.

„Nun mach das mal sauber, Kind. Der Pastor braucht das nicht zu sehen."

„Nee, der kriegt das nicht zu Gesicht." Laura wischt das Blut ab, es ist noch gar nicht angeklebt, sie muss gerade erst gestürzt sein. Wenn sie doch schneller gerannt wäre! Wenn sie nicht mit diesem Mann im Park gesprochen hätte! Dann mit dem Waschlappen. Nun kann sie die Wunde gut erkennen, gleich über der Augenbraue, ungefähr zwei Zentimeter lang. Sturzprotokoll, denkt Laura. Früher haben sie Sturzprotokolle geschrieben. „Welches Schuhwerk trug die Bewohnerin? Wer war beim Sturz zugegen? Wie war der Sturzablauf? Was kann man zur Vermeidung weiterer Stürze tun?" Frau Helbrich trägt im Haus immer die hinten ausgetretenen Schluffen aus rotem Leder, die aus Ägypten. Und beim Sturz war eben niemand zugegen, und das darf nicht wieder vorkommen. Laura könnte weinen, dass sie das gemacht hat.

Die Wunde ist nicht tief, am Kopf blutet es eben immer stark, ja, normalerweise näht man so was. Aber muss man nicht, es wächst auch so wieder zusammen. Ein Knochenbruch, das wäre Verhängnis. Sie müssten in die Klinik. Susanne würde nicht wollen. Und es würde teuer. Was sollte Frau Helbrich noch verkaufen? Das Schlafzimmer auch noch untervermieten? Wenn sie mal reich waren, die Geschwister

Loewe, und die Möbel lassen das ahnen, dann sind sie es lange nicht mehr. Jedenfalls seit Susannes Fünfundsiebzigstem sind ihre Ersparnisse nur so zerflossen. „Kannst du mal halten?“ Sie hat eine soonsafe-Kompresse auf die Wunde gelegt und führt Susannes Finger zum Festhalten dagegen. Klebt alles fest mit Fixierstreifen.

„So, du scheinst ungebrochen und kannst jetzt weiterleben!“ sagt Laura.

„Und wohin?“, antwortet Susanne.

„Wohin du willst.“

Sie sitzen nebeneinander auf dem Teppich, den dicken Sessel im Rücken, Laura hat den Arm um Frau Helbrich gelegt und wiegt sie. Der Sessel drückt Laura ins Kreuz. Zweimal geht die Uhr, die auf dem Wohnzimmerschrank steht und tapfer Viertelstunden beläutet.

„Müssen Sie mal?“, fragt Laura, als sie denkt, es sei vielleicht an der Zeit.

„Wie kannst du das jetzt sagen!“ Frau Helbrich hat ein Auge aufgemacht, das andere geht nicht sehr weit, weil es anschwillt, und schüttelt den Kopf. Laura küsst sie auf die Wange. „Entschuldige bitte!“ Frau Helbrich schließt ihr Auge wieder und lehnt sich an Lauras Schulter zurück.

„Aber um auf Ihren Vorschlag zurückzukommen“, sagt sie, kurz bevor Laura denkt, sie sei eingeschlafen, „etwas ist im Schwange.“

Es wird mühsam, aufzustehen. Susanne Helbrich ist achtzig und soeben gestürzt, Rippen tun ihr weh, vielleicht auch der Kopf, sie ist wackeliger als sonst schon.

„Das muss aber wieder werden, sonst geht’s kantapper kantapper …“, sie zögert, sucht ein Wort, dann findet sie’s: „… bergab“. Da ist sie sich sicher. Und Recht hat sie.

„Wir werden’s sehr schön langsam angehen, Frau Helbrich, das schiebt sich schon wieder zurecht. Da geht nichts bergab.“ Laura wendet alle Regeln der Kunst an, um Frau Helbrich wieder auf die Füße zu stellen. Schließlich hat sie es mal gelernt. Vor über 25 Jahren hat sie ihr Examen gemacht. Das waren noch Zeiten! Fortbildungen waren

Pflicht und Berufsethos. Damals war ihr die Gelehrigkeit manchmal auf die Nerven gegangen, aber im Moment ist sie zumindest für die Kinästhetik-Schulung dankbar und froh, dass sie Frau Helbrich auf die Beine stellen kann, ohne sich das Kreuz zu ruinieren.

„Geht's?", fragt sie.

„Das muss erst wieder werden, sonst …", Frau Helbrich sucht nach Worten und findet Halt an der Sessellehne.

„… sonst geht's kantapper bergab", ergänzt Laura.

Frau Helbrich lächelt wieder.

Es hat zu lange gedauert. Schrittchen für Schrittchen, Pause am Vertiko, Pause an der Türklinke, kantapper kantapper beim Tischchen im Flur, endlich sind sie im Bad. Nasse Streifen an der Strumpfhose, ein kleines bisschen nass sind auch die ägyptischen Schluffen, aber damit wird man leben müssen. Laura weiß schon, dass das Wechseln der Hosen schwierig wird, aber die Schluffen, die kann sie nie und nimmer gegen andere tauschen, die gibt sie nicht her, mit den Schluffen geht Susanne Helbrich manchmal auch ins Bett.

Laura macht die Badezimmertür von innen zu. Normalerweise kommt Susanne auf der Toilette noch allein zurecht, aber heute bleibt Laura bei ihr.

„So, nun haben wir es geschafft."

„Oh weh, oh weh."

„Zu spät?"

„Hier ist überhaupt nichts, wie es gehört."

„Dann aber fix."

„Da sagen Sie was."

„Können Sie sich da an den Griffen festhalten? Dann mach' ich den Rock hoch und die Hosen runter."

„Ja."

„So, jetzt können Sie sich setzen."

„Wohin?"

„Na, geradezu setzen. Aufs Klo. Es ist genau hinter Ihnen."

„Was soll ich jetzt machen?"

„Sie – können – sich – aufs – Klo – setzen."

„Ich muss nicht."

„Etwas ist schon in die Hose gegangen. Vielleicht kommt noch mehr. Und ich kann Ihnen die nassen Hosen besser ausziehen, wenn Sie sitzen."

„Soll ich mich setzen?"

„Ja."

„Wohin?"

„Auf dieses Klo."

Frau Helbrich sitzt auf dem Klo, Laura kniet vor ihr und legt ihre Hände auf die ägyptischen Schluffen. Sie könnte sie leicht ausziehen, weil sie hinten runtergetreten sind, aber sie weiß, was sich gehört, und legt erst mal nur ihre Hände drauf.

„Nicht diese Schuhe, die sind heilig", sagt Susanne Helbrich mit Pharaonenmiene und krallt die Zehen zusammen.

„Sie werden wie ein Heiligtum an besonderem Platz aufbewahrt", antwortet Laura mit ehrfurchtsvollem Neigen des Kopfes, und Susannes Zehen entkrampfen. Laura stellt die heiligen ägyptischen Schluffen exakt nebeneinander an die Wand, zehn Zentimeter neben die Badezimmertür, mit den abgeschrabbten Spitzen nach vorn.

„Niemand rühre sie an!"

Dann nimmt sie die nassen Hosen und die Einlage weg. Wieder trifft sie eine Erinnerung, ein Impuls will Gummihandschuhe. Nicht, dass sie fürchtet, sich an dem bisschen Urin jetzt den Tod zu holen, nicht mal, dass sie sich ekelte. Aber gelernt ist gelernt: In dieser Situation erfolgt der Griff in die Pappschachtel, Gummihandschuhe an, Intimpflege. „Hilfe bei Ausscheidung" hieß das damals und die Pflegekasse hat es mit 9,97 honoriert. An was Laura sich alles erinnern muss!

Susannes Gummihandschuhe zahlt allerdings Franziska, deshalb werden sie für Stuhlgang aufgespart. Und damit die Studentinnen, die mit Laura im Wechsel Susanne betreuen, nicht zu häufig zu Handschuhen greifen, hat Laura sie aufs oberste Regalbrett verbannt.

„Ich hole Ihrer Durchlaucht frische Hosen", sagt sie und steht stramm wie ein kleiner Lakai. „Kann ich Sie einen Moment so sitzen lassen?"

„Es ist mir eine Ehre", antwortet die Pharaonin.

Laura lacht, sie kniet sich vor Frau Helbrich, dass die ihr besser ins Gesicht gucken kann. „Ganz meinerseits", sagt sie und ist sich sicher, dass Frau Helbrich herrschaftlich sitzen bleiben wird auf dem Klo, bis sie mit den neuen Hosen wiederkommt.

Laura nimmt eine Unterhose und eine Strumpfhose aus dem Kleiderschrank in Susannes Schlafzimmer, als sie die Wohnungstür gehen hört.

Einige Leute haben eine Schlüsselkarte, Franziska und Markus sowieso und die drei Studentinnen, die im abgetrennten Teil der Wohnung ihre Zimmer haben, aber unangemeldet kommt selten jemand. Hoffentlich ist es nicht Franziska. Ausgerechnet jetzt, wo Lauras Gewissen herzklopft, wünscht sie sich nicht Franziskas pädagogische Stirn.

„Hallo?", sagt sie möglichst unbekümmert, als sie in den Flur tritt. „Ach, Betty!" Sie ist erleichtert. „Was führt dich her?" Die alte Betty versteht Tatsachen. Vor ihrer Kritik fürchtet sich Laura nicht.

„Tag, Laura." Betty legt ihren leichten, gräulich verschossenen Mantel, dessen Farbe vor der Jahrtausendwende sowohl blau als auch rot gewesen sein könnte, über einen Stuhl im Flur. „Franziska hat mich angerufen. Ist was passiert?" Sofort fällt Laura der Piepser ein! Jeden Mittag zwischen zwölf und eins drückt sie den Piepser, damit Franziska Bescheid weiß: Alles in Ordnung. Laura kennt aus ihren Altenpflegezeiten peinlichere Kontrollen, das bisschen Pieperdrücken macht sie normalerweise automatisch. Aber heute ist sie kurz vor zwölf rausgestürmt und dann hat sie es über den Vorfällen vergessen. „Ach, ich hab's vergessen, Betty. Mist. War Franziska arg in Sorge?"

„Naja, sie regt sich ja immer gern ein bisschen auf, aber sie wird sich auch wieder abregen. Alles soweit in Ordnung, hm?“

„Nein, ehrlich gesagt, nicht wirklich in Ordnung. Susanne ist gestürzt und hat eine Platzwunde an der Schläfe. Sie ist jetzt auf dem Klo.“

„Hallo“, hört man jetzt von da: „Hallo, ist da niemand? Kommt denn mal wer? Haaallo!“

Betty grinst und Laura verschwindet im Bad.

“Wer ist denn da? Da war doch jemand?”, fragt Susanne.

„Betty ist gekommen.“

„Und Ruth?“ Nach Ruth fragt Susanne immer sofort, wenn Betty auftaucht. Laura mag die Toten jetzt nicht wecken.

„Nein, nur Betty. Schon toll, wie sie die vielen Treppen hier immer noch schafft. Dabei ist sie schon 86!“ Manchmal gelingt es, hart am Thema vorbeizusteuern.

„Sie war immer schon so“, weiß Susanne.

„So alt?“

Susanne lächelt. „Vielleicht.“

Laura kniet vor Susanne. „Und nun die Schuhe, Tut-Ench-Amun!“ Susanne mag das. Mit beiden Händen wuschelt sie Laura durch die Locken. „Du darfst Susanne zu mir sagen, Kind. Das Ägyptische, das steht mir nicht mehr.“ Laura hebt die Augen, strahlt Susanne an. Die nimmt ihren Kopf, streichelt und tätschelt ihre Wangen. Lauras Lächeln bleibt tapfer. Sie findet, Susannes Hände kleben ein kleines bisschen. Sie weiß auch, dass diese Hände ein Marmeladenfrühstück, einen blutigen Sturz und einen Toilettengang hinter sich haben. Aber diese Augen! Doch himmelhoch die einer Königin, das blanke Herz drin.

„Wie heißt du denn, Kind?“

„Laura“, sagt Laura.

„Laura, soso. Das will ich mir merken!“

Susanne geht, links Laura, rechts den Stock, langsam durch den Flur zum Wohnzimmer.

„Schauen Sie, Frau Helbrich, wir haben Besuch", sagt Laura.

„Ja, grüß' dich, Susanne." Betty bleibt sitzen im Sofa, hebt grüßend die Hand. Auch Susanne will winken, Laura hält sie fester, damit sie die rechte Hand mit dem Stock ein wenig anheben kann. „Und das ist?" Susanne wendet Laura das Kinn zu, ohne die Augen von Betty zu lassen. „Betty", sagt Laura gedämpft. „Ach, die liebe Betty." Susannes Augenbrauen gehen erkennend in die Höhe. Betty lacht. „Komm an meine grüne Seite, altes Haus. Lass uns von früher plaudern."

Laura ist froh. Betty macht es so prima, als hätte sie in der guten alten Zeit eine Fortbildung in Validation gemacht. Dabei hat sie nie im sozialen Bereich gearbeitet, besteht sogar darauf, sie sei völlig unsozial: Künstlerin.

Als solche darf sie öffentlich „altes Haus" zu Susanne sagen und sie am Ohr ziehen, wenn sie meint, das sei gerade gut. Und ob sozial oder unsozial, jedenfalls belastet sie die Situation nicht mit aufdringlichem Mitleid: „Ach Gott, Susannchen, Armes, was ist denn bloß mit dir passiert?" Wo doch Susanne gar nicht mehr weiß, dass was mit ihr passiert ist. Blut und Sturz und Schmerz hat sie offensichtlich vollkommen vergessen, und das Bemerken eines Verbands im eigenen Gesicht würde sie sicher vor ein scheußliches Rätsel stellen. Nein, Betty weiß, wie es geht, Laura ist froh, dass sie da ist.

Sie überlässt die beiden Damen den Fotoalben, die sie heranholt, und geht in die Küche, um den Abwasch zu machen. Liebend gerne. Schön in Ruhe stumme Gegenstände versorgen, spülen, ohne die Tassen um Einverständnis bitten zu müssen. Sie nimmt sich alle Zeit für das bisschen Geschirr.

Jens, nachdem er eine Weile an seiner Rose gerochen und die Straßenbahn hat fahren lassen, wird ein Schmunzeln nicht los. Ja, Peter, sagt er zu der Rose, wie sieht's aus, gehen wir ein Bier trinken? Und er stellt sich den Freund vor, ach Mensch, der wäre jetzt auch über 80, aber der würde noch ein Bier trinken gehen mit Jens. Peter schon. Und Jens würde mit ihm in die Gegend gucken und nur sagen, dass er da gerade eine nette Frau getroffen hat, die in der Nähe des Kleinen Stadtparks arbeitet und öfters zu seiner Bank kommt. Denn mehr weiß er gar nicht zu sagen, und Peter würde genug verstehen.

Die Luft lässt sich so leicht atmen heute, Jens hat nichts anderes vor als die Rose in der Hand, er riecht an ihr, wo könnte er mal hingehen? Die Zeitung, seine blaue Überzeugung, steckt ungelesen in der Jackentasche, zehn lackierte Fußnägel tanzen vor seinen Augen, eine Rose in der Hand, wo soll er denn hin, weiß er nicht, nach Hause halt. Jens Ferdinand Loewe, treuer Begleiter des Fortschritts, schwarzes Schaf unter Geschwistern und Träger eines lächerlichen Herzklopfens für eine Parkbegegnung, lenkt seine Schritte heim in seine Zweizimmerwohnung, zweiter Stock.

Heim, denkt Jens plötzlich melancholisch, das war vor sechs Jahren noch Hilda, seine Frau. Heim hieß manchmal Hilda lieben in geblümter Schürze und roten Lippen. Heim hieß Pläne machen mit Hilda und manchmal streiten, dann Bier trinken gehen mit Peter. Hilda hat ihn verlassen. Nein, er hat Hilda verlassen. Jens zuckt mit den Achseln. Sie hat den Steuerberater genommen. Aber erst, nachdem er weggezogen ist, wegen Susanne. Hilda fand ihren Jens damals schon ein bisschen alt. Am Bauch. Jens fand Hilda ganz gut.

Wenn Jens heimgeht, geht er also auf die Eckbank seiner Einbauküche, das ist jetzt mal so. Da holt er sich manchmal einen runter, aber meistens macht er – verdammter Mist, mit wem soll er sich darüber lustig machen? – ein Kreuzworträtsel. Er hat auch schon mal einen Riss im Hemd genäht und das Besteck in den Schubladen neu organisiert. Fehlte noch, dass er anfinge zu häkeln!

Auch heute wird er ein Kreuzworträtsel machen in seiner Einbauküche, aber er ist dabei fröhlich, er hat eine Rose in der Hand, die genauso duftet wie die, die die Frau jetzt vielleicht auch gerade in eine Vase stellt.

Lauras Wecker fiept und fiept, endlich schlägt sie ihn aus. Früher hat sie es geschafft, ihn nur einmal klingen zu lassen, selbst in schmerzlicher Herrgottsfrühe, aber das kriegt sie nicht mehr hin. Nach einer dunklen Bestandsaufnahme ihres körperlichen Daseins arbeitet sie sich auf die Bettkante, wirft keinen Blick in das leere Bettzeug hinter ihr, denkt nicht an Enrico und die immer blasser werdenden Jahre, die sie so schön nebeneinander aufgewacht sind. Und nicht an das letzte Mal, als er ihr sagte, dass er nun definitiv gehe. Weil er das zum fünfzehnten Mal sagte, war ihr Schmerz darüber so oft dividiert, dass sie ihn kaum noch wahrnahm. Sie war sich sicher, auf das sechzehnte oder dreißigste Mal verschieben zu können, was sie ihn noch fragen wollte, nämlich ob er sie verachtete, wenn sie bliebe, wenn sie sich abfinden würde mit dem Fortschritt.

Sie dreht und streckt ihre Füße, geht zum Fenster, öffnet es, atmet den Sommerduft ihrer Kinderzeit. Ja, sie ist geblieben in diesem Land, wo in ihrer Sprache überflüssige Standards geschrieben, unverständliche Regeln formuliert und inhumane Gesetze erlassen werden. Laura holt tief Luft und atmet die Wehmut aus, dass es gute Argumente gibt, hier wegzugehen. Sie schließt das Fenster.

Der Tag fängt an mit Frühstückmachen für sie und Kalle. Vielleicht fällt ihm noch eine Hausaufgabe ein, zehn Minuten können da den ganzen Tag retten. In der Küche sieht sie die Rose, die sie gestern Abend in eine Vase gestellt hat.

Jens ist sich inzwischen sicher, dass die Frau nicht in der Partei ist. Ja, womöglich ist sie sogar eine streitbare Gegnerin. Wie sie dastand, daran hat er es irgendwie erkannt. Oder an ihren Händen. Keine kleinlichen Hände. Ernst zu nehmende. Oder war es in ihren Augen? Und da fällt ihm auf, dass sie ihn angeguckt hat, wie er schon lange nicht mehr angeguckt worden ist: Er hat sich gar nicht alt gefühlt unter ihrem Blick.

Am Mittag erscheint er wie üblich am Kiosk. Wortlos reicht ihm Frau Patscheke den *Fortschritt* rüber.

„*Neue Zeiten*", sagt er, und als sie nicht zu verstehen scheint: „Heute mal *Neue Zeiten*."

„Na so was", sagt Frau Patscheke und lächelt.

Mag sie erleichtert oder spöttisch lächeln, Jens will es gar nicht wissen. *Neue Zeiten* hat eine normale, unauffällige Zeitungsfarbe. Es fühlt sich nicht schlecht an, mal normale Zeitungsfarbe aus der Jackentasche gucken zu lassen. Aber Herzklopfen hat er. Was hätte Peter gesagt? Und hat Frau Patscheke nicht doch gegrinst?

Beim TÜV gibt's regelmäßige Arbeitszeiten, Frühdienst beginnt um 9, Spätdienst um 13 Uhr. Diese Woche hat Laura Frühdienst. Da gehen Kalle und sie gemeinsam aus dem Haus und das Frühstücksgeschirr bleibt stehen. Wegen Abwasch kommt sie nicht zu spät. Das riskiert sie nicht. Der TÜV ist ein guter, ruhiger Posten, den sie vorbestraft nur bekommen hat, weil sie in der Partei war. Als sie aus der Partei wieder austrat, tat sie es deshalb leise. Und hat die Stelle beim TÜV behalten. Sanft sachlich und stets pünktlich. Wenn sie Frühschicht hat, wie heute, geht sie um 8:15 Uhr aus dem Haus. Mittags ist sie wieder zu Hause und kann nachmittags zu Susanne gehen. Ab und zu setzt sie sich danach noch in den Park. Kalle kommt ohnehin erst um 18 Uhr aus seiner Schule.

Er sitzt von Viertel vor zwölf bis zwei auf der Parkbank. Nur mit halber Aufmerksamkeit liest er die zurückhaltende Berichterstattung der *Neuen Zeiten*. Kann manchmal ein verächtliches Schnaufen nicht unterdrücken. Kleinanzeigen werden da abgedruckt von der „Initiative Leben" mit Spendenaufrufen für in Not geratene 80- und 90-Jährige. Stellenangebote, da schüttelt Jens den Kopf, „Suche Betreuer/-in für meinen ehrwürdigen Vater, Kost und Logis frei, kleines Entgelt".

Sie kommt nicht. Um zwei Uhr hat er die ganze Zeitung durchgelesen, die Rosen betrachtet und hin und wieder an einer gerochen. Er hat die Rückenlehne der Bank untersucht und das mittlere Brett als dringend auszutauschen erkannt. Er wird das machen. Sie ist nicht aufgetaucht, mittags ist nicht ihre Zeit, hat sie ja auch gesagt. Wenn sie heute Mittag gekommen wäre, das hieße ja, sie wäre wegen ihm gekommen! Er wird morgen wieder hier sein. Morgen früh. Er schüttelt den Kopf über sich selbst.

Am Abend sinkt die schwere Haustür der Bachstraße 7 hinter Laura ins Schloss. Regen fällt und sie öffnet ihren Schirm. Es war ein leichter Dienst, ach, Dienst kann man's eigentlich nicht nennen, wie könnte sie sagen? Sie besucht Susanne. „Warum machst du das eigentlich?", hatte Betty sie neulich gefragt. Betty zu antworten, war nicht anstrengend, die legte nichts auf die politische Goldwaage. Achselzuckend hatte Laura gesagt: „Weil es eben dazugehört."

„Wozu denn?"

„Zum Leben halt. Und du? Warum kümmerst du dich um Susanne?"

Auch Betty hatte keine schlagenden Argumente: „Weil ich sie mag."

Schwieriger wäre es für Laura, wenn ein Kollege sie fragte: Du gehst in deiner Freizeit zu einer alten Frau? 80 und dement? Für ein Taschengeld? Warum machst du das?

Im Juni ist es noch nicht richtig warm am Morgen um halb acht. Wenn man außerdem Herzklopfen hat, kann einen leicht frösteln. Jens ist es ungemütlich auf der Parkbank. Er hat einen Zollstock mitgebracht, hat die Rückenlehne ausgemessen. Neun breit und zwei stark sind die Bretter und eins fünfzig lang. Die Kanten leicht angeschliffen. Das erkennt er, obwohl das Holz schon so weichgealtert ist, dass man den Schliff nur sieht, wenn man ihn sucht. Aber Jens Loewe hat ein gutes Auge für Holz. Und jetzt sitzt er nicht länger untätig auf der alten Bank, er hat was vor.

Gestern Abend hat es so geregnet, dass sie nach Susanne nur schnell heimwollte. Aber heute! Als sie aus der Haustür tritt, weht warme Luft sie an wie eine Einladung. Und wie kann sie die ablehnen, wenn sie sie bereits eingeatmet hat? Laura geht leicht. Sie schnuppert, da liegt was rum, eine Belohnung, eine Überraschung, ein Blitzen. Ein Juniabend. Hinter ihr liegt die Ruhe einer zum Schlaf gebrachten alten Frau, gelobt sei die Pharmaindustrie. Sie steuert den Park an. Für ein kurzes Innehalten. Mit Enrico wäre sie tanzen gegangen.

Als sie um die Ligusterbüsche biegt, sieht sie es leuchten, ihre Bank hat ein neues helles Holz in der Rückenlehne. Ein kleiner Schmerz hemmt den Tanzschritt, es ist der ängstliche, der bei Erneuerungen jeder Art daherkommt und kurz die Atmung lähmt, bis Laura versteht, welcher Gesinnung die Neuerungen entspringen.

Neulich hat sie sich über die frisch gestrichene Fassade einer Kirche versehentlich freuen können, bis sie merkte, dass ein Bürogebäude draus werden sollte.

Heute erkennt sie bald, dass die Gesinnung rührend ist. Denn wenn es eine fortschrittliche Maßnahme wäre, wäre nie im Leben ein einzelnes Brett erneuert, sondern die ganze Bank wäre gegen eine Plastikbank ausgetauscht und nicht nur diese, sondern alle im Park, zumal die anderen Bänke noch viel morscher sind, und die alten Rosen wären abgeholzt und über Nacht wären Grasmatten gelegt und die Rabatten gestochen und man säße frei und licht und von allen Seiten sichtbar im Gelände. Ja, hier ist ein Liebhaber des Altertums am Werk gewesen. Sie befühlt das Brett. Wunderbar glatt und an den Enden schräg abgekantet. Etwas dicker und ein bisschen kürzer als die anderen Bretter ist es allerdings. Eben selbstgemacht. Die anderen, die ganz moosig waren, sodass sie sich bei feuchtem Wetter schon mal grüne Flecken in den Rücken geholt hat, sind abgebürstet, grau und trocken. Laura sitzt aufrecht wie zur Meditation. Sie meidet klare Gedanken. Die Rosen duften. Die Rose fällt ihr ein, die ihr der Mann letzten Sonntag geschenkt hat. Ob der das war? Sie hat ihn gar nicht mehr vor Augen, aber es würde passen. Gilt das Brett jetzt ihr? Noch ein Geschenk? Sie schaut sich um. Ob sie nicht besser schnell weggeht? Sie will nichts von dem. Den *Fortschritt* hat er gelesen. Ob sie sich eine andere Bank suchen muss? Schade. Avancen von einem alternden Fortschritt, sie schüttelt kräftig den Kopf. Wann hat er das gemacht? Gestern Abend im Regen? Heute Morgen, sie blickt sich um, da wird er doch abends nicht gleich wiederkommen. Wie alt er wohl ist? Könnte sein, dass er seine Rente schon kriegt. Sie hat die Augen zugemacht beim Denken und als sie sie öffnet, erschrickt sie: Um den Liguster ist er schon gebogen und kommt nun geradewegs auf sie zu. Lacht sie voll an.

Jens kann stark ausdauernd sein. Gerade bei Projekten, die aussichtslos sind oder sinnlose Aussichten haben. Diese Frau ist eine sinnlose Aussicht und er weiß selbst nicht, warum er auf einmal so aktiv geworden ist. Verliebt ist er jedenfalls nicht. Aber das Brett ist sehr gut geworden. Und er wäre gern dabei, wenn sie es zum ersten Mal sieht. Zeit hat er ja. Während er ganz am Ende des Kleinen Stadtparks an dem Stamm einer dicken Kastanie lehnt und wartet, isst er ein Leberwurstbutterbrot und trinkt ein Bier. Es ist natürlich ungewiss, ob sie heute überhaupt kommt. Er hat mal ein Fernglas dabei, und als sie tatsächlich um die Ligusterhecke kommt, fällt ihm vor Schreck sein Brot in den Dreck. Er holt sie ins Visier. Und freut sich, als sie stehen bleibt, einen Finger an den Mund legt, meine Güte, das ist spannend, ihr Gesicht so groß im Glas, sein Herz klopft, langsam geht sie weiter und fühlt über das Brett. Über die angeschrägten Kanten, die er mit Schmirgelpapier geschliffen hat. Erst mit grobem, dann mit feinem. Seine ganze Küche ist noch staubig. Und das fertige Brett hat er mit feinstem Wachsöl eingepinselt. Er kann sich damit sehen lassen. Jetzt schaut sie sich um, die Frau. Jens spült vergnügt den Knoblauchgeschmack der Leberwurst mit einem letzten Schluck Bier runter und packt Fernglas und Flasche in seine Jackentasche. Das Brot im Dreck vergisst er.

„Gefällt's Ihnen?" Jens kommt so stracks und fröhlich auf Laura zu, als sei er schon lange mit ihr befreundet und träfe sie viermal die

Woche. Er setzt sich neben sie auf die Bank. Die Rosenranken hat er bei der Montage des neuen Brettes ein bisschen zurückschieben müssen, es gibt nun genug Platz auf der Bank, sodass die Frau sich nicht bedrängt fühlen muss, wenn er sich dazusetzt. Jens befühlt die geschliffenen Kanten seines Bretts. Er guckt Laura mit einem glücklichen kleinen Schnauben aus der Nase an. Sodass sie lächeln muss.

„Wunderschön, ja!“ Auch ihre Hand geht zu dem Brett. „Sie machen öfter so was? So Handwerkliches?“

„Ja, mach' ich ganz gern.“ Jens ist fürchterlich glücklich, dass es der Frau gefällt.

„In letzter Zeit hatte ich kaum Gelegenheit zum Werkeln, irgendwie geht nicht mehr so viel kaputt in meinem Alter. Ich war ganz froh über dieses morsche Holz.“

„Geht nicht mehr so viel kaputt in meinem Alter“, was soll das denn heißen? Laura sucht eine Position. Immerhin hat's etwas mehr Platz auf der Bank als neulich. Also gut, er ist ein geschickter Fortschritt, der alte Dinge repariert, das mag's ja geben. Oder gehört er gar nicht dazu?, hat vielleicht neulich den *Fortschritt* nur ausnahmsweise und aus Neugierde gelesen? Enrico hatte das auch manchmal gemacht. Was ist er für einer? Er trägt feine, erstaunlich glänzende, braune Schuhe mit Schnürsenkeln. Eine tiefblaue Wildlederjacke, noch ganz neu und matt. Ist das fortschrittlich?

„Viele Leute setzen sich ja nicht hierhin.“ Sie sagt irgendwas daher, eine kleine Zeit muss verstreichen, sie kann nicht schon aufstehen und gehen.

„Nein, Sie waren, ehrlich gesagt, die einzige, die ich in den letzten Wochen hier getroffen habe.“

Sie nickt und schweigt, wahrscheinlich ist er langweilig.

„Es ist ein vertrauter Platz für mich“, sagt er. „Hier habe ich als Kind manchmal gespielt, wissen Sie.“ Und guckt über seinen Park wie ein Vollmatrose über seinen Ozean und Laura vermutet, dass er mindestens Abteilungsleiter ist.

„Schön, dass Ihnen Ihre Arbeit genug Zeit lässt, hier zu verweilen.“ Wie sich das anhört, denkt Laura, will sie ein Gespräch mit ihm anfangen?

„Ich meine – eben ein schöner Platz hier.“

Jens sieht sie erröten, das hat er fast nicht gewollt und gefällt ihm doch.

„Ja, ich habe viel Zeit. Ich bin schon im vierten Jahr meiner Rente“, vertraut er ihr an.

„Ach!“ Die Locken fliegen, als sich die Frau ihm zuwendet.

„So …?“ Sie bricht ab, die Röte erneuert sich in ihrem Gesicht.

„Entschuldigung, aber dann … dann kommt ja bald … eine neue Zeit auf Sie zu.“

Obwohl ihr das Thema nicht behagt mit diesem Mann, wo führt das noch hin?, betrachtet Laura ihn ein bisschen neugierig. Das möchte sie in der Dämmerung doch erkennen, wie er guckt. Sagen tut er sicher nichts dazu. Eigene Gedanken gibt ja fast nie jemand über das Gesetz preis. Und er nickt auch nur. Dann hört er auf zu nicken und klopft sich mit zwei Fingern einen Fussel vom Wildleder. Um ihr seinen goldenen Siegelring zu zeigen?

„Und Sie, wo arbeiten Sie?“, fragt er und irgendwas an ihm kommt Laura auf einmal vage vertraut vor. Ist es seine Stimme, oder erinnern sie seine Hände an jemanden?

„Beim TÜV“, antwortet sie.

„Aha“, sagt Jens und denkt an die Kinder, die sie außerdem betreut, und konstatiert, dass sie wohl nicht gern davon sprechen will. Auch Hilda wurde komisch, wenn das Thema auf Kinder kam, die sie nicht hat bekommen können.

Noch nie hat jemand mehr Interesse als „aha“ für ihre Arbeit bekundet. Laura ist das recht. Teamassistentin beim TÜV ist sie, das ist so integer wie indifferent. Sie erzählt nie, dass sie auch eine demente Frau betreut. Den meisten ist das peinlich, entweder haben sie ein schlechtes Gewissen oder kein gutes. Sie beugt sich zur Seite, um an einer Rosenblüte zu schnuppern.

Jens lehnt sich zurück an sein neues Brett. Es läuft nett.

„Wie heißen Sie? Darf ich das fragen?"

„Ich? Laura."

Da ist er verblüfft, dass sie gleich ihren Vornamen nennt. Und ein bisschen enttäuscht über diese Direktheit. Er hätte gern eine gedehnte Weile Fräulein Schmidt-oder-Gruber zu ihr gesagt und sie eines Tages bei einem Gläschen Wein geduzt.

„Und Sie?", fragt sie.

Jens hat zwei Vornamen, wie der Blitz sagt er: „Ferdinand".

Hitze steigt in sein Gesicht, er muss später mal überlegen, warum er ihr nicht Jens sagt. Er hat sich nicht vorgenommen, Versteck mit ihr zu spielen. Vielleicht hat sie zu schnell Laura gesagt. Ferdinand ist keine richtige Lüge, aber durchaus nicht die Wahrheit, kein Mensch hat ihn je so gerufen. Dieses mittlere Wahrheitsgefühl kennt er, seit er denken kann, es sitzt im Hals.

„Nach meinem Vater", fügt er hinzu, das stimmt nun wirklich.

„Also dann, Ferdinand", sagt Laura, „vielleicht sieht man sich." Sie hebt zwei Finger zum Gruß.

Wenn sich Laura an den nächsten Abenden nach der Arbeit geschwind auf die Bank setzt, grad zum Verschnaufen, muss sie an ihn denken. Nicht plastisch, nicht wie an Enrico, sie verzieht den Mund, nein, wirklich nicht. Sogar an die Frau im Blumenladen denkt sie mit wärmeren Gefühlen. Aber wie soll sie auf der Bank sitzen mit dem neuen Brett im Rücken, ohne wenigstens kurz an ihn zu denken? Sie hat schon gefürchtet, ihn jeden Abend anzutreffen. Dafür hat sie sich ein grimmiges Gesicht zurechtgelegt, mit dem sie ihn abwimmeln kann, und hat ein Buch dabei, das sie sofort rausholen würde, wenn er lästig wird. Im Zweifelsfall kann sie es ihm auf den Kopf hauen. Sie befürchtet, er ist so einer. Aber er lässt sich nicht blicken. Nicht bis Freitagabend, wo er endlich auf der Bank sitzt, als sie kommt. Eine Zeitung, keine blaue diesmal, das beruhigt Laura, legt er zur Seite und nimmt die Brille von der Nase. „Hallo, Ferdinand“, sagt sie, „kannst du denn noch lesen bei dem Licht?“ Und ihr wird klar, dass auch sie bei dem Licht ihr Buch nur zum Über-den-Kopf-Hauen hätte gebrauchen können, und das macht sie ein wenig lächeln, was ihn erfreut. Ja, das schöne Brett. Und die Dämmerung, und der warme Juli, fängt wirklich sehr heiß an, dieser Juli, das Klima und der schöne Park. Einen Garten, nein, habe sie nicht. Er auch nicht. Sie lachen, sonst säßen sie ja nicht hier, und wie ihr Arbeitstag gewesen sei? Ganz erfreut erzählt sie ihm von den Vergleichsaufnahmen der Abgaskontrollen und dem zulässigen Querschnitt bei Zuleitungsrohren in der HAWO.

Was sie aber auch alles weiß, Ferdinand zeigt sich beeindruckt. Ein tüchtiger Posten! Naja, geht schon, Gehaltsgruppe 4, sagt sie, Leitungsbonus, sie hat zwei unter sich in der Abteilung. Inzwischen. Und er?

Selbstständig ist er gewesen.

Mit Villa?

Da lacht er zum ersten Mal sein kehliges, lautes Lachen, das ist hochansteckend, Laura gefällt es.

Nein, ohne Villa. Eigentlich ist er nie so wohlhabend gewesen, wie er sich fühlte.

Jetzt lacht Laura.

Er erzählt ihr, wie das in Brasilien in die Hose gegangen ist mit dem Hundefutter. Und erst Sansibar! Wo er so ökologische Absichten hatte!

Sie hört ihm gern zu, er kann gut erzählen. Und eine Frau, fragt sie, ob in so einem turbulenten Leben eine Frau Platz habe? Und Kinder?

Na, eine Frau gab es da schon, aber das ist seit Jahren vorbei, nein, Kinder hat er keine. Und selbst?

Da spitzt sich ihr Mund zu einem kleinen Schweigen. Und das Bedauern will sich wieder einstellen, dass Enrico weggegangen ist, da erzählt sie besser von Kalle, ihrem prächtigen Sohn von zehn Jahren.

Plötzlich hält sie inne. Sie findet, dass sie reichlich viel von sich redet. Lieber sollte sie noch mal das neue Brett bewundern und meint es damit ja auch ganz ernst.

Als beim Abschied Ferdinand „adieu“ lächelt und keineswegs „bis bald“ sagt, hat sie das Gefühl, dass sie beide für diese Bank eine permanente Verabredung haben.

Franziska ist in Not, sie hat heute Nachmittag niemanden für Susanne. Betty geht nicht ans Handy. Sie zu bitten, wäre Franziska am leichtesten gefallen. Dass die Studentinnen sich humorlos auf ihren Mietvertrag berufen, der ihnen am Sonntag Einsatzfreiheit bei Susanne garantiert, hat sie geahnt. Ihre letzte Hoffnung ist mal wieder Laura. Doch die erschrickt, ach, bitte, nicht auch noch den Nachmittag, sie habe sich verabredet.

Laura hat, warum sollte sie Franziska das erzählen, sie weiß es ja selbst nicht, eine Verabredung mit dem schlimmen Bruder Jens. Der nennt sich Ferdinand, sitzt oft genug im Park, wo Laura ihn inzwischen ganz gern trifft, und hat sie ins Kino eingeladen, in einen Film, der ihm viel bedeutet, sagt er. Laura macht ihm nichts vor. „Harold and Maude" will sie wohl gern mal sehen, aber sie besteht auf der Nachmittagsvorstellung, er solle sich keine Hoffnungen machen. Da hat er wieder laut gelacht, der Ferdinand, was Laura so gefällt. Mit einem, der so lacht, mag sie zu tun haben. Und sie hat angefangen, sich geradezu ein bisschen aufs Kino zu freuen.

Doch dann ruft Franziska bei Susanne an, sie frühstücken schon, und fragt, ob sie nicht auch den Nachmittag bleiben könne, Markus falle aus. Ach, bitte, hat Laura da zu Franziska gesagt, sie habe sich nämlich verabredet.

Und so rührend hat das geklungen, dass Franziska sofort notgedrungen bereit war, selbst zu Susanne zu gehen. Seufzend. Ärgerlich auf Markus, was dem bloß einfiel! Er hatte zugesagt, heute Nachmittag auf Susanne aufzupassen, und Franziska versteht nicht, was in ihn gefahren ist: ruft morgens an, vor acht Uhr, Franziska hält diese Zeit für geschützt, und sagt, er verreist. Für länger. Weiß er noch nicht, wie lange, und hat jetzt nicht viel Zeit, ist schon am Flughafen. „Ja, ich rühr' mich", sagt er, und das klingt in Franziskas Ohren gar nicht gut. Eine ganz schlechte Ahnung beschleicht sie, der sie nicht nachspüren kann, weil sie jetzt erst mal Susanne organisieren muss. Ihr Mann knurrt, sie solle ihn bloß nicht mit Philip allein lassen. Philip, ihr zweiter Enkel, ist sieben und sie haben ihn heute in Obhut, weil ihre Tochter mit Dominique auf die IT-Messe will. Sie weiß schon, dass der kleine Bursche einen ganzen Nachmittag bei seinen Großeltern nicht sonderlich schätzt. Sie weiß nicht, dass ihm seine Mutter sogar ein neues Gee-Game hat versprechen müssen, damit er sich überhaupt bereitfindet, seine Zeit bei so alten Leuten zu verplempern.

Nun muss Philip halt mit zu Susanne. Franziskas Mann seufzt vor Mitleid und Erleichterung, hilft beim Tischabräumen, kramt ihren Laptop zusammen, sortiert ein paar Sachen von der Festplatte, die Philip nicht sehen muss, und wünscht viel Glück.

Um 15 Uhr sind Franziska und ihr Enkel in der Bachstraße, Laura empfängt sie schon im Mantel. Mit Susanne sei alles okay, sagt sie, sie sei angezogen, habe allerdings gerade erst zu Mittag gegessen, aber gut getrunken und sei vor zehn Minuten auf dem Sofa eingeschlummert. Ob sie auf Toilette war, will Franziska wissen, raunt es, damit Philip es nicht hört, Laura wisse ja. Ja, Laura weiß schon, Philip lacht sich gern schamlos kaputt, wenn seine alte Großtante in die Hose gemacht hat. Doch, Susanne war auf der Toilette.

„Du gehst schon?“ In Philips Stimme schwingt Bedauern. Laura findet er nämlich cool. Sie und er haben sich mal verkleidet mit den alten Klamotten von Franziskas Vater und sogar Susanne war ganz ausgelassen unter einem verknuffelten Hut. Für solche Späße gibt sich Franziska nicht gern her.

„Ja, tut mir leid. Heute habe ich keine Zeit.“ Laura wuschelt Philip durch die Haare, lockig und wild, wie die von Susanne. „Sorry. Kommst ein andermal wieder, okay?“

„Mal sehn“, er ist nicht überzeugt.

„Hast du was Schönes vor?“ Franziska fragt beiläufig auf dem Weg in die Küche.

„Tja, weiß nicht so genau.“ Laura geht hinter ihr her, lehnt sich an den Küchentisch, schaut zu, wie sie Shampoo, eine Packung

Papierservietten und tiefgekühltes Essen auspackt, brandeilig gibt sich Laura nicht.

„Ins Kino wollte ich, ein uralter Film, ‚Harold and Maude', kennst du bestimmt auch."

„Ja, klar, den habe ich oft gesehen. Mein kleiner, miserabler Bruder war total drauf abgefahren. Das muss ewig her sein. Magst du nicht noch einen Kaffee?"

„Doch. Gern."

„Und was soll ich machen?" Philip hat durch den Spalt der Wohnzimmertür gelugt und Susanne schlafen gesehen. Ihm ist schon langweilig.

„Willst du Computer spielen?" Franziska gibt ihm die Tasche mit dem iBook. „Nimm aber die Kopfhörer, die Ballerei nervt mich sonst. Gehst du allein?" Das gilt wieder Laura.

„Nein, mit einem Bekannten."

Franziska war bis vor sechs Jahren Vertrauenslehrerin in der Gesamtschule, sie vernimmt fraglos einen besonderen Klang in Lauras Stimme, registriert ein kleines Geheimnis. Sie neigt sich über die Kaffeetasse, betrachtet Laura aufmerksam und wartet.

„Nicht, wie du meinst", widerspricht Laura dem lauernden Schweigen, „er ist nur irgendwie ein armer Hund."

„Wieso?"

„Weiß nicht. Er wird demnächst 75, vielleicht allein deshalb."

Ein persönlich empörtes Fragezeichen bildet sich hinter der Stirn der Vertrauenslehrerin, sie bleibt aber gefasst. „Willst du einen Großvater für Kalle?"

„Nein, keinen Großvater für Kalle. Der hat ja Betty." Franziska lacht.

„Wie heißt er denn?" Warum will sie das wissen? Vielleicht, um ihn in den Todesanzeigen wiederzufinden? Franziska liest leidenschaftlich gern Todesanzeigen.

„Ferdinand."

Und zum zweiten Mal heute überkommt Franziska die Ahnung, dass da was ist, was sie nicht ganz durchschaut, sie nickt, schaut Laura intensiv an, seufzt inniglich und kommt nicht drauf. Überanstrengung vielleicht, oder sie hat zu wenig getrunken.

Laura ist nun fertig mit ihrem Kaffee, sie steht auf, bittet Philip um einen Abschiedskuss, damit er sein Gesichtchen zur Grimasse verknuffeln und „Spinnst wohl“ sagen kann. Sie lacht, das hat sie hören wollen.

Während Philip sich in seinen Bildschirm vertieft, räumt Franziska die Kaffeetassen in die Spüle. Die Bürste hängt wie immer, das Wasser braucht seine Weile, bis es warm wird. Seit Susanne krank ist, wird alles etwas vernachlässigt. So viele Hilfen hier, denen es herzlich egal ist, wie's hinterm Ofen aussieht. Warum auch sollte dieser Haushalt die jungen Frauen – Laura macht da keine rühmliche Ausnahme – mehr interessieren als Susanne selbst, der es vollkommen egal ist? Und selbst wenn sie es schmutzig fänden und putzen wollten, sie hätten kaum Muße dazu, Susanne lässt einem selten eine halbe Stunde, um konzentriert eine Arbeit zu verrichten. Nur wenn man zu zweit wäre, könnte eine sich einer Putzaktion widmen. Jetzt also. Franziska bindet sich die Küchenschürze um. Schließlich ist Philip bei Susanne. Oder nachts. Nachts könnte man putzen, weil Susanne dank Pharma so prima schläft. Aber wenn sie schläft, braucht niemand hier zu sein.

Gründlich geputzt wird also nie.

Sauber halten, so gut es geht, so hat Franziska das im Vertrag mit den Studentinnen formuliert, aber das Hauptaugenmerk solle auf Susannes Zufriedenheit liegen. Und auf ihrer Sicherheit, hat sie eines Tages hinzufügen müssen, nachdem eine Studentin mit Susanne eine ganze Flasche Eckes Edelkirsch geleert hatte und Susanne auf dem Flur die Stehlampe umgerissen hatte. Zufrieden sei Frau Helbrich aber gewesen, hatte die junge Frau treuherzig versichert.

Die Studentinnen sind eine Schwachstelle in Susannes Betreuung, das musste Franziska von Anfang an hinnehmen. Aber auf sie zu verzichten, geht gar nicht. Sie übernehmen schließlich die Hälfte der Dienste bei Susanne. Vor vier Jahren sind Markus und sie auf die

Studentenpflege gekommen, eigenhändig haben sie die Wand durch den Flur gemauert und ihre drei ehemaligen Kinderzimmer abgekoppelt, haben den eigenen Eingang zum Treppenhaus gebrochen und das Klo auf halber Treppe wieder installiert. Zimmer mit Klo gegen zwei halbe Tage die Woche auf Susanne aufpassen. Die Studentinnen fanden ausnahmslos die sanitären Verhältnisse erstaunlich, und sie konnten sich aussuchen, ob sie wegen Susanne oder dem Klo den Mietvertrag nicht unterschreiben wollten. Die, die sich auf ein Zimmer einließen, es mögen bisher zehn oder zwölf gewesen sein, mussten jedenfalls beides akzeptieren.

Franziska nimmt sich die finstere Ecke unter der Spüle vor. Aus dem Wohnzimmer hört sie nichts. Wahrscheinlich schläft Susanne schön und Philip spielt am PC.

Philip hat mittlerweile „Bombs on Berlin“ gefunden, die volle Version kann er nicht runterladen, aber die Testversion reicht. „Bombs on Berlin“ ist das einzige Computerspiel, bei dem Susanne jemals eine Reaktion gezeigt hat, und er hat schon viele Spiele an ihr ausprobiert. Er nimmt den Bildschirm und schiebt sich durch die Wohnzimmertür.

Da liegt seine verrückte Großtante mit den Händen überm Bauch auf dem Sofa. Er betrachtet sie eine Weile. Seit Langem schon hegt er den Verdacht, dass sie in Wirklichkeit ein Alien ist, und wundert sich, dass die anderen nichts merken. Und er glaubt auch nicht, dass sie schläft. Sowieso schlafen Leute meistens nicht, wenn man nachguckt.

Er setzt sich neben sie, das geht, weil er einen kleinen Po hat, und pustet ihr ein bisschen ins Gesicht. „Schläfst du?“ Schon macht Susanne die Augen auf. Lächelt sofort. „Wenn das nicht mein Jens ist.“ Sie streichelt sein Gesicht. Wurschtelt durch seine Locken. Philip macht die Augen zu, lässt es aber geschehen, weil es zum Spiel gehört. Susanne sagt manchmal Jens zu ihm. Jens war Franziskas und Susannes Bruder, soviel hat Philip rausgekriegt, und Franziska scheint ihn zu hassen. Er muss ein richtiger Verbrecher gewesen sein, vielleicht ist er tot. Aber ob tot oder nicht, Susanne liebt diesen Jens. Wenn Philip Jens ist, fragt Susanne meistens: „Hast du wieder eine Fünf, du armer Tropf?“ und wenn Philip dann „ja, leider“ sagt, steht Susanne auf, schwankt abenteuerlich durch die Wohnung, um in Schubladen und Schranktiefen zu kramen, und schenkt ihm schließlich irgendeinen Quatsch. Philip könnte sich totlachen: eine Bürste oder eine Zitrone oder in Zeitungspapier eingewickeltes Zeitungspapier.

Heute lächelt sie ihn nur an und zwirbelt seine Locken.

„Ich habe eine Fünf!“, sagt Philip, um die Sache in Gang zu bringen.

„Ah“, sagt Susanne und kratzt an seiner Augenbraue.

„Eine Fünf!“, sagt er noch mal und nimmt ihr seinen Kopf weg.

„Ich habe es gehört!“

„Und was machen wir da?“, versucht Philip ihr zu helfen.

„Ja, was machen wir da, das weiß ich auch nicht.“

Susanne scheint kein Interesse an Philip zu haben, sie schiebt ihre Beine über den Sofarand. „Willst du aufstehen?“, fragt er.

„Das siehst du doch.“

„Du bist blöde.“

„Mal langsam, Löwe, so spricht man nicht mit seiner Mama.“

„Du bist nicht meine Mama!“

„Das macht nichts. So spricht man trotzdem nicht mit seiner Mama.“

Susanne hat sich an der Sofalehne hochgestemmt und steht. Sie ist viel größer als Philip. Und da oben hat sie ihn schon völlig aus den Augen verloren. Sie hat den Wohnzimmerschrank im Visier, auf den steuert sie zu. Stuhllehnen, Tisch und Buffet stützen sie, vor dem Schrank sinkt sie mit einem leisen „Ooh“ in die Knie. Philip ist sich nicht sicher, ob das „Zusammenbrechen“ ist. Schreien tut sie jedenfalls nicht, und nach einigen spannenden Verrenkungen ihrer komischen Hosenbeine, die Philip einen prüfenden Blick erlauben, ob sie vielleicht in die Hose gemacht hat, scheint aber nicht der Fall zu sein, ist Susanne so weit organisiert, dass sie auf dem Po sitzt und die kleine Tür der unteren Schranketage aufmachen kann. Eine Überraschung erwartet Philip da nicht. Stapel von Heften, Büchern und schräg lagernden Alben rutschen ihm meistens entgegen, wenn er hier Schranktüren aufmacht.

„Komm mal her“, sagt Susanne.

„Och nöö“, Philip hat keine Lust.

„Komm jetzt mal her, Jens.“

Ah, immerhin ist er Jens. Philip setzt sich neben Susanne auf den Teppich. „Was denn?“

Susanne hat eins der entgegenkommenden Alben genommen. „Das hier ist von unserer Mutter!“ Und langsam blättert sie in sauschlechten Farbabzügen, über denen in komischer Schrift „1968“ steht. Das, denkt Philip, könnte so ungefähr die Zeit von „Bombs on Berlin“ gewesen sein, und „warte mal“, sagt er, „ich zeig dir was.“ Er hüpft zum Tisch und hat mit wenigen Tasten das Spiel mit den brennenden Häusern auf dem Bildschirm und den rennenden Leuten, die sich gegenseitig die Koffer klauen. Er balanciert Susanne den Bildschirm auf die Knie.

„Hast du das gemalt?“, fragt sie voller Bewunderung.

„Das? Das ist ein Spiel!“

„Ja, das ist schön. Warte, ich hab’ was für dich.“

„Aber kannst du denn nicht gucken? Es ist ein Film.“

Susanne nickt, sie guckt auf den Bildschirm, ein brennender Balken stürzt einem Mann vor die Füße. Sie beugt sich vor, fasst den Bildschirm an, prüft seine Dicke, will ihn umdrehen.

„Lass das“, sagt Philip.

„Da steckt doch was dahinter!“ Susanne runzelt die Stirn.

„Da steckt nichts hinter!“

„Es steckt immer was dahinter.“

„Es ist ‚Bombs on Berlin‘“, versucht es Philip noch mal.

„Ja“, sagt Susanne „ich hab’ was für dich.“ Sie bewegt die Knie, strampelt mit den Füßen, dreht sich zur Seite.

„Willst du aufstehen?“ Sie antwortet nicht und Philip sieht zu, wie sie ächzt und sich müht. Es gelingt nicht.

„Mir tut der Arsch weh“, sagt sie schließlich, „hol mir ein Kissen!“

Alle holt er. Zwei dicke in den Rücken, rechts und links welche, es sieht sehr bequem aus. „Geht es so?“, fragt er.

Susanne nickt. „Du hast was angestellt, stimmt’s?“

„Bin ich Jens?“

„Wer sonst?“

„Schenkst du mir was?“

Susanne schaut ihn eine Weile mittelstreng an. Philip kennt diesen Blick nicht, diesen alten Schwesternblick, der zum liebevollen Kopfschütteln neigt, er fühlt sich nur ungemütlich.

„Ich guck’ mal im Schrank, okay?“, sagt er, kriecht zur nächsten Schranktür und lässt sich die Hefte und Alben und Zeitungen, die auf diesen Moment gewartet haben, vor die Knie gleiten.

Susanne scheint ungerührt. „Lauter altes Zeug“, sagt sie, „ist sonst nichts drin?“ Philip räumt das ganze Fach leer, außer Servietten und

Batterien kommt eine Packung Pralinen zum Vorschein, die Philip nicht mehr für Schokolade hält, als er den Deckel aufmacht, sie sind alle ganz weiß. In einer anderen Schachtel sind zerbrochene bunte Holzteile und kleine grüne Kegel. „Was ist das denn?“

„Räuchermännchen“, antwortet Susanne und Philip schüttelt den Kopf, sie ist echt ein Alien! Er dreht die grünen Dinger in den Fingern, kann nichts damit anfangen und vertieft sich wieder in den Schrank. Findet eine Schachtel, auf der er „Lametta“ liest, und eine, in der kleine weiße Kerzen sind.

„Wir machen sie an, okay?“

„Wir sollten jetzt lieber nach Hause, Jens.“ Susanne schiebt ein Kissen weg und dreht sich zur Seite, sie will aufstehen.

Philip hält sie fest. „Das geht leider nicht“, sagt er und macht ein richtig betrübtes Gesicht, „wir kommen nicht hoch, siehst du“, und er krabbelt auf dem Teppich herum. „Wir müssen auf dem Boden bleiben.“ Wenn er Jens ist, kann er tun und lassen, was er will. Er bräuchte ein Feuerzeug, vielleicht findet er eins in der Küche. Er krabbelt zur Wohnzimmertür. „Warte aber schön, ich komme gleich wieder.“ Und alles läuft sahne, Franziska ist nicht in der Küche, er hört sie in Susannes Schlafzimmer und in der Tischschublade findet er ein Feuerzeug bei den Kaffeelöffeln.

„Schläft Susanne noch?“ Mist, Franziska hat ihn doch gehört.

„Ja“, sagt Jens.

„Und was machst du?“

„Ein Computerspiel!“ Und bevor sie aus dem Schlafzimmer kommt, schlüpft er durch die Wohnzimmertür, geht wieder auf die Knie und krabbelt zu Susanne, die schön gewartet hat. „Machen wir sie an?“ Susanne sieht gespannt zu. Er fummelt alle 20 Kerzen aus der Pappschachtel und guckt sich um. Wo könnte er sie reinstecken? Auch Susannes Blick sucht. Philip fällt die Pralinenpackung ein, lauter kleine Mulden, wenn man die weißen Dinger rausschüttelt. Ein Feuerzeug kann er ankriegen, aber nur mit beiden Händen, und schon sitzt er da mit der Flamme in den Fäusten und hat keine Hand mehr frei.

„Nimm mal eine Kerze, Susanne, da, so eine Kerze!“ Susanne lächelt, sie kapiert eben nie, was er meint, „eine Kerze!“ Mist, die Flamme geht aus. Philip nimmt eine Kerze und steckt sie Susanne einfach in die Hand. Er ist hier Jens und Chef: „Halt das mal fest, okay?“ Das Feuerzeug kriegt er an, er führt mit beiden Fäusten die Flamme an den Docht, und jetzt brennt die erste Kerze. Er nimmt sie Susanne aus der Hand und strahlt, sie klatscht in die Hände. „Happy Birthday“, sagt sie und streichelt Philip über den Kopf und „au!“ zieht erschrocken den Arm zurück, reibt ihn am Ellbogen. „Du musst schön aufpassen, ja“, sagt Philip, „das ist heiß!“

Und er träufelt ein bisschen Wachs in eine Mulde der Pralinenpackung und ein bisschen auf den Teppich und steckt die Kerze rein in das wachsweiche Schachtelloch. Hält sie, bis sie steht. Susanne nickt anerkennend mit dem Kopf. „Gekonnt!“, sagt sie und lässt die Kerze nicht aus den Augen. Nun die anderen noch. Philip bringt neun unter, dann wird es eng in der Schachtel. Alle brennen. „Es ist wie Weihnachten, findest du nicht?“

„Selige Glocken erklingen“, sagt Susanne und strahlt.

Dann fällt ihr Blick auf die grünen Kegel, sie nimmt einen, ganz vorsichtig, und hält die Spitze – Philip hat aufgehört zu lachen – allen Ernstes in eine Kerzenflamme. Cool. Das hätte er sich nicht getraut, keine Ahnung, was jetzt kommt, er geht sicherheitshalber auf die Füße, falls er wegrennen muss, und Susanne, naja, die könnte eben nicht. Es glüht, es qualmt. „Mach mal lieber aus“, sagt er, „mach aus!“, ruft er, er kann es ihr nicht wegnehmen, es ist so klein und glüht und gleich explodiert es, „Franziska!“, schreit er, da fliegt die Wohnzimmertür auf und Poltern, Schimpfen und Rettung stürzen mit Franziska in den Raum. Ein Glück! Philip ist wieder Philip, egal, was jetzt passiert.

Zehnmal? Zwanzigmal? Jens kann nicht sagen, wie oft er den Film schon gesehen hat. An ein paar Szenen hat er sich dennoch nicht erinnern können, die mit den Blumen und den Musikinstrumenten. Die Selbstmorde allerdings hätte er alle im Detail mitspielen können. Immer noch nimmt er der Ruth Gordon ihre 80 Jahre nicht ab. So gut kann man mit 80 nicht mehr drauf sein. Es würde ihn mal interessieren, wie die Laura das sieht. Aber er fragt sie noch nicht. Er hat natürlich gemerkt, wie sie geheult hat am Ende, wo Maude stirbt. Immer noch hat sie rötliche Augen und hält den Kopf so für sich, als wolle sie keinen Kontakt. Er guckt deshalb nicht deutlich zu ihr hin. Und hält sich auf Abstand. Wo sie doch glaubt, er wolle was von ihr. Ha, das freut ihn. Will er aber gar nicht. Nicht so wie früher. Obwohl sie ihm gefällt. Er genießt es, nichts zu sagen und neben ihr durch die Straßen zu gehen, es riecht warm und er mag die weiche Luft unterm Hemd und dass sie den gleichen Film vor Augen haben und vielleicht noch bei Stefano ein Glas Wein trinken. Die Richtung stimmt schon mal.

„Irgendwie stimmt die Maude nicht", sagt Laura jetzt mit ganz ordentlicher Stimme.

„Findest du auch?" Jens freut sich. „Mich hat das immer schon gestört: Mit achtzig noch so Auto fahren und tanzen und lachen und einfallsreich sein, das gibt es doch gar nicht."

Laura ist stehen geblieben. „Das meine ich doch überhaupt nicht." Sie kann gar nicht sagen, was sie meint, sie starrt Jens nur an, als hätte er Malen und Teilnehmen verwechselt.

„Na, aber mit 80!", schiebt Jens nach, „Da bist du doch nicht mehr so … so fröhlich."

Jetzt guckt Laura nicht mehr fassungslos, sondern ärgerlich. „Was weißt denn du von 80-Jährigen? Kennst du welche? Natürlich können die fröhlich sein, mein Gott!" Sie schiebt sich energisch die Haare aus der Stirn. „Was ich bloß nicht kapier' in dem Film, ist, wieso sie sich umbringt!"

„Weil man mit 85 nur noch auf der Stelle tritt." Jens hat den Film oft genug gesehen, um das zitieren zu können.

„Sie hätte es drauf ankommen lassen können!“ Laura sprüht. „Sie konnte laufen, denken, witzig sein, sie wurde sogar geliebt! So was wirft man doch nicht weg!“

„Eben, deshalb ist der Film auch nicht schlüssig: So lustig ist das Leben mit 80 gar nicht mehr.“

Laura reißt den Kopf herum und setzt ihren Weg stracks fort, lässt Jens stehen. Der ist amüsiert, kann nicht so schlimm sein, ihm gefällt das, er streitet gern. Mit einem Schritt Verspätung geht er hinter ihr her. Hinter dem roten Top her, unter dem sich der Verschluss des BHs abzeichnet. Hinter dem wütend wippenden Rock her und dem Kopf, dem Jens von hinten das vorgestreckte Kinn anmerkt.

Aber nicht vorbei am Stefano! „Darf ich dich auf ein Glas Wein einladen?“

Laura bleibt stehen, die nackten Schultern heben sich bei einem tiefen Atemzug, das kommt Jens wie Ja vor.

„Nein.“

Pause.

„Ich zahle selbst.“

Jens weiß zu schweigen und verkneift sich, Laura die Tür aufzuhalten, das wird sie auch selbst tun wollen. Er sieht einen vergnüglichen Abend auf sich zukommen.

Wein, Oliven, Brot, klassisch. Laura kommt vom Klo und hat sich die Lippen nicht nachgezogen. Ach. Jens stellt mit einer kleinen Wehmut fest, dass sie also wirklich nichts von ihm will. Er trinkt einen großen Schluck vom Wein. Laura auch. Sie stellt das Glas langsam auf den Tisch und scheint einen kleinen Schwung für ihre Worte zu nehmen.

„Wie hältst du es denn mit dem Sterben?“

Hoppla, das ist mal direkt. Kann sie aber haben: „Ich nehme die Erste Wahl, da gibt's keine Frage. Das ist mir schon klar, seit es das Gesetz gibt.“

„Meinst du, du kommst mit der Prämie besser zurecht als mit der halben Rente?“

„Oh, Mädchen! 750 im Monat, mir ist ja die volle Rente schon zu wenig!“

„Aber dann reicht es womöglich nicht lange.“

„Das ist mir egal.“

Laura weiß, was das bedeutet. Sie beguckt sich sein Gesicht, will seine grausige Entschlossenheit sehen. Findet es glatt rasiert, findet scharfe Falten in den Backen und entdeckt ein langes Haar in seinen Augenbrauen, das der sorgfältigen Stutzung entgangen zu sein scheint.

„Dann bringst du dich wirklich um?“

„Was ist dabei?“

„Was ist dabei?“

„Also hör mal, das ist doch nicht mehr neu.“

„Warum?“

“Ich es mache?“

„Warum du da mitmachst, ja.“

„Aus demselben Grund, aus dem es alle tun. Ist das nicht hinlänglich erklärt und seit Jahren normal?“

„Ich möchte es gern noch mal hören.“

„Weil meine Generation so stark ist, dass du und dein Sohn und die gesamte arbeitende Bevölkerung uns nicht ernähren und gesund erhalten können.“ Jens leiert es runter.

„Mich hat niemand gefragt.“

„Es wurde demokratisch gewählt.“

Laura beißt sich auf die Lippen. Jens weiß, dass er jetzt Ruhe hat. Ist ja nicht das erste Mal, dass er diese Diskussion führt. Wenn er mit der Demokratie kommt, sind immer alle still.

„Kennst du alte Menschen?“, fragt Laura, Kinn nach vorn. „Ich meine richtig alte Menschen. 80, 90 Jahre alte.“

Er nimmt eine Olive. Sie hat einen Kern. Er nagt an dem Kern, was ihn nicht sofort antworten lässt, das Nagen am Kern. „Naja.“ Langsam nimmt er den Kern zwischen Zeigefinger und Daumen, er ist violett, der Kern, und legt ihn auf das ovale Schälchen, das dafür vorgesehen ist.

„Mein Vater ist 88 geworden.“

„Das dürfte schon eine Weile her sein, oder?"

„Ja, 2009 ist er gestorben."

„Ich meine jetzt. Kennst du jetzt alte Leute?"

Jens schüttelt den Kopf. Er weiß, dass Susanne noch lebt. Er ist sich jedenfalls ziemlich sicher, weil er doch was gehört hätte, nimmt er mal an, wenn sie gestorben wäre. Susanne, eine Vergangenheit. Kennen? Nein, kennen tut er sie nicht.

„Nun, ich hatte einen Freund, der wäre jetzt 84, aber der hat sich 25 schon verabschiedet. Hat übrigens „Harold and Maude" gesehen bei seiner Abschiedsfeier."

„Wie sinnig."

Jens nimmt zwei Oliven. Blödes Thema. Eine Falte gräbt sich zwischen seine Augenbrauen, die Frau ist so jung, wahrscheinlich nicht mal fünfzig. Wenn sie erst mal älter ist, alles hinter sich hat und es knapp und klamm wird, dann wird sie schon sehen. Und 150 Tausend, ob sie da Nein sagt? Ob sie Nein sagte, wenn er sie einlüde mitzukommen? Nach Brasilien oder erst mal nach Griechenland. Eine hübsche Kreuzfahrt, ganz entspannt, ganz fröhlich.

„Willst du mitkommen?", hört er sich fragen und beißt sich auf die Zunge, Gott, was redet er denn da? Zum Glück wischt sie das weg. Hat es gar nicht richtig gehört. Schüttelt den Kopf ganz leicht und ihre Augen sehen unaufhörlich durch ihn hindurch. Ein Glück.

„Weißt du, ich kenne alte Leute. Ganz gut sogar." Sie verschluckt was, will noch was sagen, aber es scheint zu klemmen. Sie nimmt einen Schluck. „Ich bin nämlich Altenpflegerin. Bevor ich beim TÜV ankam, war ich Altenpflegerin."

Jens will dieses Thema doch gar nicht. „Gefällt es dir beim TÜV?"

„Und ich bin immer noch Altenpflegerin."

„Ach ja." Er seufzt. „Es gibt doch so gut wie gar keine Heime mehr."

„Nicht im Heim."

Laura guckt knapp an seinem Ohr vorbei in weite Fernen. Sie sitzen bei Stefano, der August ist lau, Jens ist 73, das meiste hat er hinter sich, im nächsten Jahr ist er reich, und wenn er auch nicht verliebt ist in diese

Frau, fände er es doch erquicklich, sie würden sich über was anderes unterhalten als alte Menschen. Über Brasilien zum Beispiel, vielleicht kennt sie Brasilien, warum hat sie den Film bloß nicht kapiert, schön soll man sich die letzten Jahre machen. Das war doch wohl überzeugend.

„Reist du gern?"

„Hör mal, Ferdinand …" Das bremst ihn, Ferdinand ist er nicht, immer wenn sie ihn so nennt, erschrickt er, muss neu Luft holen.

„Du hast die Parkbank repariert, und obwohl du ein Pessimist zu sein scheinst, bist du manchmal einigermaßen witzig. Du bist also ganz nett."

Sie macht eine Pause, hebt den Blick vom Tisch und guckt ihm in die Augen. „Aber in Sachen Alte, da bin ich ein bisschen empfindlich, musst du wissen, da kriegen wir wahrscheinlich gleich Streit."

Drei Oliven sind noch im Schälchen, nicht viel. Und das Pfiffige ist aus Lauras Stimme verschwunden. Jens weiß sofort, dass er aufpassen muss. Genauer hinschauen, langsamer sein, vorsichtig.

„Findest du denn Altwerden wirklich erstrebenswert?"

„Findest du Leben überhaupt erstrebenswert?"

Was für eine Frage. Er fände es ausgesprochen hübsch und lebenswert, hier mit Laura zu plaudern, über die Welt und den Wein, und sie zu beobachten, wenn sie von sich erzählt. Selbstverständlich kann er das Leben genießen.

„Irgendwann ist es sowieso zu Ende. Warum nicht den Zeitpunkt selbst wählen?"

„Von Wahl kann kaum die Rede sein", kontert Laura.

„Wie man's nimmt."

Jens, zurzeit Ferdinand, hat alle Oliven aufgegessen. Er bemerkt Lauras Blick in das leere Schälchen. „Soll ich uns noch welche bestellen?"

„Lohnt das noch?" Laura fragt mit Spott.

Jens zieht die Augenbrauen hoch, schaut auf seinen Organizer am Handgelenk. „Ich habe noch mindestens eine Stunde, 21 Tage, einen Monat und ein Jahr."

„Na, dann lohnt es noch.“ Laura ist bereit zu lächeln. Sie nimmt ein Stück Brot.

„Deine Alten, die du betreust, sind die glücklich?“

Der Spott verschwindet sofort aus Lauras Gesicht, aber nicht die zornigen Falten erscheinen zwischen ihren Brauen, sondern etwas, das Jens noch nicht bei ihr wahrgenommen hat. Weint sie gleich? oder lacht?

„Manchmal“, sagt sie. „Kommt drauf an. Die, die ich betreue, hat eine Demenz, und da zeigt sich Glück sowieso auf spezielle Weise. Aber ich kenne eine andere, die ist sogar schon über 85, die ist insgesamt zufriedener als …“, Laura zögert, „als ich, wahrscheinlich.“ Beißt wieder ins Brot. „Und als du bestimmt“, sagt sie mit vollem Mund. Jens ist froh, dass sie wieder ein bisschen frech wird.

„Und wovon lebt die?“

„Von wenig. Sie besucht, glaube ich, eine Menge Leute. Und sie gibt Mathe-Nachhilfe.“

„Allen Ernstes? Vorschule wahrscheinlich?“

„Von wegen! Mein Sohn übt zehnmal lieber mit ihr Mathe als mit mir.“

„Woher kennst du sie denn?“

„Sie ist mit der Familie der dementen Frau bekannt.“

Jens nickt. Er lehnt sich zurück und schlägt ein Bein übers andere. Er sitzt ungut, er sitzt hier im falschen Namen.

„Dann betreust du gar keine Kinder?“

„Kinder?“

„Das hast du gesagt, als wir uns das erste Mal im Kleinen Stadtpark getroffen haben und du wegmusstest.“

Laura erinnert sich vage. „Kann sein, dass ich dir so was gesagt habe. Aber ich bin danach zu der Frau gegangen.“

„Die wohnt da in der Nähe?“

„Ja, fünf Minuten.“

Es wäre schön, wenn es noch Oliven gäbe. Jens möchte auf was kauen. Aber er hat auf einmal so gar keine laute Stimme und kann sich auch nicht bewegen, um dem Kellner zu signalisieren. Fünf Minuten vom Kleinen Stadtpark. Er schaut Laura an, als ob er in ihrem Gesicht was ablesen könne.

„Erzähl' mal von ihr."

Ganz langsam beginnt Lauras Gesicht zu leuchten. Sie lacht kurz durch die Nase. „Von meiner ägyptischen Königin?", fragt sie. „Schrecklich gern!"

„Wieso nennst du sie ägyptische Königin?"

„Weil sie so lederne Hausschuhe mit golden aufgedruckten Hieroglyphen hat. Die liebt sie wie einen Schatz."

Jens stockt der Atem.

Laura ruft nach Oliven, Jens fügt trocken Wein hinzu, und glücklich erzählt sie diesem ältlichen Mann von der alten Frau. Beschreibt sie in ihren geliebten ägyptischen Hauspantinen und in ihrem Widerwillen gegen Wasser. Beschreibt, wie sie mit Bedacht ein Stück von ihrer Banane abbricht und es Laura in den Mund schiebt und wie sie am nächsten Tag mit Grundsatz ihre Banane allein isst und sagt, kannst dir selbst was kaufen. Sie beschreibt den sanften Kampf, den sie führen, wenn Susanne sich umziehen soll, und erwähnt den heftigen, zu dem es hin und wieder kommt, wenn Laura auf Susannes Wunsch, sofort nach Hause zu gehen, keine passende Antwort findet.

„Ist sie denn nicht da zu Hause?" Spürt Jens eine kleine Hoffnung oder eine kleine Enttäuschung, als er denkt, vielleicht ist es nicht Susanne?

„Doch, doch. Sie ist in der Wohnung sogar großgeworden. Aber sie vergisst es immer wieder."

Wie lange sie da wohnt und wo sie was hingelegt hat, vergesse sie, und wer Laura ist, und ob sie getrunken hat oder nicht. Man müsse es ihr immer wieder sagen. Lieder höre sie gern, sagt Laura, wenn sie sie kennt und mitsingen kann. Und was für einen trockenen Humor sie habe! Neulich, als Laura mal wieder was habe wegputzen müssen, habe sie auf dem Rand der Badewanne gesessen und gesagt, das könne doch keinen Spaß machen, ob Laura sich nicht mal einen anderen Job verschreiben lassen wolle. Und wie laut sie lachen könne, wenn Laura Witze erzählt, dabei sei ziemlich klar, dass sie die Pointe nicht verstanden habe, und dann hole sie regelmäßig etwas aus ihren Schubladen und Schränken, was Schokolade sein soll.

Jens ist so gelähmt, dass er die Olive im Mund kaum kauen kann. Seine Augen fühlen sich riesengroß an und er fürchtet, dass Laura Verdacht schöpft und ihn jeden Moment fragt, was er denn habe, und ob er etwa damit zu tun habe, ob er etwa Jens Ferdinand Loewe sei, der Verräter?

„Ist das nicht wahnsinnig anstrengend?", fragt er tonlos.

Laura nickt, ja, kein Zuckerschlecken, das nicht. Aber es sei so viel Freude möglich, wirklich, und das sei doch das Wichtigste, schön solle man es haben, auch in den letzten Jahren. Und als Jens nickt, obwohl er das ganz anders versteht, fragt sie, ob er sie nicht mal kennenlernen wolle?

Na, das weiß er aber nun gar nicht, der Jens. Der Ferdinand. Er hebt die Hand und beschwichtigt die Geschwindigkeit dieser Katastrophe. „Mal langsam", sagt er, „mal schön langsam."

Als sie bei Stefano aufbrechen, ist es tiefe Nacht geworden. Sie haben viel Wein getrunken. Er hat ihr schließlich doch von Brasilien erzählen können und sie ihm von Enrico. Zum Abschied will Jens ihr sagen, dass er sie sehr sympathisch findet, stattdessen fragt er: „Wie heißt sie eigentlich, die alte Frau, die du betreust?"

„Susanne Helbrich", sagt Laura und strahlt.

Susanne sagt nicht kategorisch Nein. Damit ist die erste Voraussetzung dafür erfüllt, dass Laura den Freitagplan vorsichtig weiter verfolgt. Freitags vormittags ist Gruppe. Bei Fischers drei Straßen weiter treffen sich ein paar Leute mit Demenz. Einer der Angehörigen sorgt für Unterhaltung, sie singen, essen am gemeinsamen Tisch. Wenn Susanne erst mal da ist, wird sie erstaunlich gesprächig und gut gelaunt. Begrüßt die anderen wie alte Bekannte. „Ach, du arme Kreatur", sagt sie und hilft einem Mann, der den Kuchen nicht mehr erkennt. Sie blüht richtig auf.

Aber bis sie erst mal da sind! Laura hätte durchaus nichts dagegen, wenn Susanne Nein sagte. Denn der Plan ist umfangreich: ordentliche Kleidung anziehen, auf dem Klo gewesen sein, den Abschied aus der Wohnung schaffen, nichts vergessen, die lange Treppe. Durch die Straßen zockeln, links eingehakt, rechts den Gehstock, den Blicken oder Bemerkungen der Passanten ausweichen oder begegnen. Dazu unablässig Überredungskünste, weil Susanne meistens zwei Meter hinter der Haustür schon wieder nach Hause will. Geduldig muss Laura sie ermuntern, ablenken, bitten.

Auf Lauras Frage: „Mögen Sie einen Spaziergang machen?", nickt Susanne also zumindest. Dann suchen sie die Jacke. Dann kommt Susanne nicht in die Ärmel rein und sagt definitiv Nein. Zu allem. Laura stellt ihren Ausflugsplan ab. Dann sind sie auf dem Klo. Dann will Susanne wissen, wann sie denn nun um Gottes Willen endlich nach Hause gehen. Das deutet Laura als Aufbruchsbereitschaft. Das Anziehen der Jacke ist nun leicht. Laura guckt auf die Uhr.

„Wir nehmen den Schirm mit", sagt Susanne und dreht, fertig in Winterjacke und Pelzmütze, in der Wohnungstür noch einmal um. Während sie durch den Flur wandelt und im Schlafzimmer verschwindet, bekommt Laura in aller Ruhe eine Hitzewallung.

Es ist ein warmer Augusttag. Der Himmel ist blau und wolkenlos. Selbstverständlich kann man Jacken und Mützen zum Spaziergang anziehen. Laura hat auch nichts gegen einen Schirm. Es hat sogar schon mal ein Bügeleisen dabei sein müssen. Das war in ein Handtuch eingepackt, damit es niemand stiehlt. Laura macht die Wohnungstür wieder zu.

„Ist der Schirm im Schlafzimmer?" Sie klopft, macht die Tür langsam auf und bleibt im Türrahmen stehen. In Sachen Schlafzimmer ist Susanne heikel. Beide Kleiderschranktüren stehen offen, Susanne ist nicht zu sehen.

„Wo sind Sie denn?", fragt Laura um die Ecke.

„Hier muss er sein", hört sie es dumpf aus Jacken und Mänteln. Es ist eigentlich kein begehbarer Schrank, aber Susanne hat es geschafft. Ihr wirres weißes Haar leuchtet aus dem Dämmern des Schrankinnern. „Hier muss er sein, wo ist er bloß?" Ein Mantel rutscht vom Bügel und sinkt auf Susannes Füße. „Er muss doch hier sein. An Ort und Stelle!" Laura fühlt sich nun berufen, ohne ausgesprochene Erlaubnis das private Gemach zu betreten.

„Ich helfe suchen."

„Du weißt es nicht."

„Ein Schirm, oder?"

„Ein Schirm, ein Schirm", äfft Susanne, sie hält sich an einer Wildlederjacke fest, die demnächst auch vom Bügel rutschen wird, und streckt als Zeichen ihrer misslichen Gesamtlage Laura die Zunge raus.

„Ich dachte …", sagt Laura.

„Er ist weg, es ist alles gestohlen, siehst du, auch das ist gestohlen." Sie hält einen Gürtel hoch, aus rotem Leder wie die ägyptischen Schluffen, sie riecht an ihm.

„Jemand könnte den Schirm gestohlen haben?", wundert sich Laura und gibt zu: "Na ja, womöglich. Einen Schirm kann man immer brauchen."

„Red' nicht so dumm, hol mich hier raus!"

Laura drückt die Bügel beiseite, Mäntel, Jacken, Kleider, alles lange getragene Kleidungsstücke. Manche Blusen kleben dünn und glatt an den Bügeln, es riecht nach Susanne. Es riecht alt. Sie gibt ihr die Hand. Der runtergefallene Wintermantel knuffelt behinderlich über Susannes

Füßen, Laura bückt sich danach, will ihn wegnehmen, Susanne steht drauf.

„Machen Sie mal den linken Fuß hoch?", fragt sie von unten.

Susanne hält jetzt Lauras Hand sehr fest.

„Mal den linken Fuß hochnehmen." Laura tippt an das linke Bein. „Diesen."

„Ich will hier raus."

„Ja, kommen Sie, ich halte Sie." Susanne macht einen klitzekleinen Schritt, Laura zieht schnell den Mantel unter ihrem Fuß weg, richtet sich auf, hält die große dünne Frau in ihrer weiten Winterjacke nun mit beiden Händen. Sie finden raus aus dem Kleiderschrank. Plumpsen auf die Bettkante. Verschnaufen. Susanne streicht mit kritischem Interesse über den karierten Stoff ihres Rocks. Laura nimmt vorsichtig ihre Hand. „Na, Susanne Helbrich, Löwenherz? Alles paletti?" Susanne hebt den Kopf, stupst mit ihrer Schulter gegen Lauras. Verständnisvoll und bereit zu vergeben zieht sie die Stirn in Falten: „Sag mal, Jens, hast du meinen Schirm geklaut?"

Der Jens, ja. Manchmal taucht der bei ihr auf.

„Bin ich der Jens?"

„Wer willst du denn sonst sein?"

„Den Schirm habe ich aber nicht genommen. Ehrenwort. Ich könnte ihn auch heute gar nicht brauchen. Schau!" Laura steht auf und schiebt die Vorhänge vor den Fenstern zurück. „Bestes Wetter."

„Gehen wir also spazieren?"

„Ja."

„Wohin gehen wir?" Susanne hat sich vom Bett erhoben.

„Wir können in den Park gehen, oder wenn du mal was anderes willst, in die Gruppe."

„Zu den …?, du weißt schon!" Susanne bewegt ihre Hand vor der Stirn, als putze sie ihre Sicht. „Wie sagt man?"

„Dementen."

„Ja, zu den Dementen?"

„Naja, alle sind sie nicht dement."

„Aber ich."

Laura schweigt. Sie drückt Susannes Arm ein bisschen fester.

„Also lieber in den Park?"

Der Jens. Sie drückt seinen Arm, so doll sie kann, warm. So gut. Er weiß, wo sie hinmüssen, das ist wichtig. Von größter Wichtigkeit. Er nimmt sie mit und bringt sie wieder nach Hause.

„Da sind wir wieder, Frau Helbrich, geschafft!"

Ja, Gott sei Dank! Sie kann auch bald nicht mehr. „Ja, ja", sagt sie. Diese Frau ist eine von denen, die sich auskennen. Das ist die richtige Haustür hier, sie kennt diese Verschnitzungen, dick, sie fährt mit dem Finger drüber, schön! Aufschließen jetzt. Sie hat die Schlüssel immer rechts in der Tasche, immer rechts. Sucht mit der Hand. Zieht ein Taschentuch raus. Links? Die Frau steckt eine Karte in einen Schlitz und die Tür geht auf. So geht es. Der Boden, Terrassenstein. Abrazzo, kühl zu Hause. Alles schön vertraut. Sie hebt die Augen in die Treppenstufen, ein bisschen müde ist sie ja.

„Jetzt wird's noch mal anstrengend!"

Ja, ja, aber mit ihm zusammen schafft sie das schon. Gut, dass er da ist. Er hat ein gutes Gesicht. Sie tätschelt seine Wange. Sie werden es schon schaffen.

Um Jens Ferdinands Schlaf ist es geschehen. Er wälzt sich im Bett. Schon die dritte Nacht. Bilder belagern ihn, Erinnerungen werden zu Träumen, Susanne ist gesund, Ruth lebendig, er ist ein Bub, er hat Pickel, er sitzt am Wohnzimmertisch, sein Herz klopft vor Franziska. Wenn er aufwacht, muss er sich in die Wirklichkeit einfinden: Er ist ein welterfahrener Mann gegen Ende seines Lebens! Wenn nicht jetzt, wann dann?

Er bleibt dem Kleinen Stadtpark fern. Eine Woche lang. Er versucht, sauer auf Laura zu sein. Sie hat in ihrer unrealistischen, sonnigen Art sein schönes altes Leben, das sich gerade zur Ruhe setzen wollte, wieder infrage gestellt. Mit der Faust möchte er ihr auf den Tisch schlagen. Aber begegnen will er ihr nicht, denn er würde sich womöglich nicht länger geheim halten können. Und wenn sie herausfände, wer er ist, würde sie ihn drängen, Susanne zu besuchen. Zugleich denkt er immerzu an Susanne. Er sieht sie, wie sie die Banane abbricht und Laura in den Mund steckt. Am Küchentisch sitzt sie, in dem eine große Schublade ist, die er nicht mehr vergessen hat. Singen tut sie, hat Laura gesagt. Welche Lieder wohl? Er versucht, sie singen zu hören. Er stellt sie sich auf dem Rand der Badewanne sitzend vor. Da muss er blinzeln, um sie zu erkennen. Wie durch ein Schlüsselloch sieht er das wenige, was Laura ihm erzählt hat.

Er erschrickt, als Laura anruft. Ob er krank sei, will sie wissen. Nein, krank ist er nicht. Oh, dann sei es ja gut, sie habe schon gedacht, er habe die Igelgrippe. Igelgrippe? Sie lacht nur. Sie hätte ihm bald eine Suppe vorbeigebracht, aber sie wisse Gott sei Dank nicht, wo er wohne. Gott sei Dank? Ja, wegen Helfersyndrom. Sie macht ihm Spaß. Sie stellt erfreulicherweise nichts infrage und drängt ihn nicht. Ja, sagt er deshalb vorsichtig, gegen die Suppe habe er nichts, ob sie sie ihm in den Park bringen könne? Sie lacht wieder. Nein. Also bis bald mal. Jens schläft ein bisschen besser in der nächsten Nacht. Und geht am späten Vormittag in den Kleinen Stadtpark. Auf ihre Bank. Es ist September, wo nur noch wenige Rosen blühen, und nachdem er lange dasitzt und sowieso längst weiß, dass es nicht Lauras Zeit ist, macht er sich auf in die Bachstraße. Jeder Mensch kann durch die Bachstraße gehen, er geht einfach so herum. Da ist nichts dabei. Vielleicht sieht er, wie eine Gardine verschoben wird. Zum Beispiel. Oder Laura kommt aus der Tür, weil sie was einkaufen will, und er ist zufällig auf dem Weg in den Park. Es rührt sich aber nichts in der Bachstraße 7 und er kauft eine Zeitung am Kiosk, ein illustriertes Automagazin, und wandert wieder zur Bank, wo er wartet.

Bis sie tatsächlich kommt.

„Na, wieder gesund?"

„Ja", sagt Jens, „und selbst?"

„Oh, ich bin total erschossen, heute war es schwierig mit ihr." Und da Ferdinand sie fragt, was denn schwierig gewesen sei, erzählt ihm Laura den Tag, wie Susanne und sie raus wollten in diese Demenzgruppe und erst mal im Kleiderschrank landeten. „Im Kleiderschrank?", fragt Jens. Ja, Laura erzählt die ganze Geschichte. Und er fragt sich, ob es wohl der große Kleiderschrank der Eltern noch ist, der dunkle mit der Schnitzerei in der Mitte, oder ob Susanne einen eigenen hat und ob der auch so groß ist, dass sie hineinklettern kann. Er sieht sie vor sich, wie sie in dem großen Kleiderschrank sitzt, und muss wider Willen grinsen. Dann wird er abrupt blass, als er hört, dass sie schließlich doch noch rausgegangen sind und vor drei Stunden, während er hier auf der Bank im Automagazin blätterte, die Bachstraße entlang Richtung Kleiner Stadtpark marschiert sind. „Dann hättet ihr es beinahe in den Park geschafft?", fragt er ohne Schwung und spürt es kribbeln unter der Haut.

„Ja, aber sie wollte auf einmal unbedingt nach Hause. Zog mich mit aller Kraft zurück, was weiß ich, was da in ihr vorgegangen ist."

Gelobt sei sie, denkt Jens.

„Das wäre nett, wenn wir dich mal hier träfen, da könntest du sie kennenlernen. Ich glaube, sie würde dich mögen. Sie kann sehr charmant sein, wenn sie jemanden mag." Das Kribbeln hat von seinem ganzen Körper Besitz ergriffen, es tut richtig weh. Er möchte weg. „Ich weiß nicht", sagt er und guckt durch den ganzen Kleinen Stadtpark, bis hinten raus, so weit weg wie möglich. Laura neben ihm scheint zu warten. Er traut sich nicht in ihr Gesicht.

„Du hast ein bisschen Angst, oder?“

„Was?“

„Vor der Demenz.“

„Ich weiß nicht. Ich meine, was sollte ich denn mit ihr sprechen?“

„Brauchst dir nichts vorzunehmen. Es ergibt sich immer von selbst.“

„Ein Gespräch?“

„Ja, klar, oder sonst was. Ein Lachen, oder ein Gucken. Kennst du Lieder?“

„Ich weiß nicht. Das ist, glaub’ ich, nichts für mich.“

„Na, muss ja nicht sein.“ Laura klingt enttäuscht. „Wenn es dir peinlich ist.“

Erleichterung und Bedauern zusammen sind es, die Jens jetzt zusetzen. Im Hals. Er räuspert sich. „Naja, weglaufen werde ich nicht, wenn ich euch mal kommen sehe.“

Aber nicht nur nicht weglaufen würde Jens. Wenn er in der kommenden Woche mit stabiler Regelmäßigkeit den Vormittag auf der Parkbank verbringt, mit Thermoskanne und inzwischen in langer Unterhose, wartet er regelrecht auf das Ereignis Susanne, stellt es sich verhutzelt und klein vor, mit Stock an Lauras Arm von Weitem langsam größer werdend. Er ist stark bereit, nicht wegzulaufen.

Immer gegen zwei Uhr kommt Laura und berichtet von ihren Versuchen, Susanne zum Spaziergang zu überreden. Es klappe aber nicht. Susanne habe kein Interesse mehr rauszugehen. Viel zu kalt, sage sie.

Laura findet in Ferdinand einen aufmerksamen Zuhörer, wenn sie von Susanne erzählt, und das tut sie gern und ausführlich. Er will wissen, was sie denn so isst, und Laura berichtet von dem Butterbrot, von dem sie die Rinde abschneidet, weil Susanne ohne ihre Zähne schlecht kauen kann. Ferdinand macht große Augen.

„Hat sie keine Zähne mehr? Kein Gebiss?“

„Es ist verloren gegangen“, antwortet Laura. Da guckt er nebelig vor sich hin und Laura hat den Eindruck, er versucht, sich vorzustellen, wie man ein Gebiss verliert. „Sie könnte es in den Müll getan haben“, sagt sie, „oder in eine Zeitung eingewickelt. Sie könnte es auch nachhaltig versteckt haben in der Wohnung.“

„Ist sie denn groß, die Wohnung?“, fragt Jens und Laura berichtet von dem breiten Flur mit Vertiko, vom Wohnzimmer mit den ehrwürdigen, dunklen Möbeln, dem ziemlich kleinen Bad, der Küche und dem Schlafzimmer. Und sie erzählt von den drei weiteren Zimmern am rechten Flurende, die aber abgetrennt worden seien durch eine Querwand und vermietet an Studentinnen. Da zeigt Jens besonderes Interesse und er fragt, ob man einen extra Eingang vom Treppenhaus zu den Zimmern hat und ob denn ein Bad eingebaut sei? Und eine Küche? Da er ja das Brett in der Parkbank restauriert hat, ordnet Laura ohne Skepsis diese räumliche Vorstellungslust seinem praktischen Talent zu und sagt, sie wolle Franziska fragen. Franziska sei die Schwester von Susanne, erklärt sie Ferdinand, was der mit „aha“ kommentiert.

Und dann sprechen sie über die Freude am Basteln und Selbermachen und Laura erzählt, dass Kalle auch ziemlich geschickt sei, aber kaum Gelegenheit habe, richtiges Werkzeug kennen zu lernen, und dann fragt Ferdinand, ob sie denn nur von Brot lebe?

„Brot?“, fragt Laura und kommt nicht gleich drauf, dass er wieder bei Susanne ist. „Ach so, nein, auch von Kartoffelbrei.“ Und wie sie den salzt, manchmal mag Laura gar nicht zugucken. Sie erzählt, wie sie ihr das Glas mit Wasser manchmal in die Hand geben muss und zu den Lippen führen, damit sie sich erinnert, wie Trinken geht. Anderntags kann sie höchst selbstständig an der Saftflasche rumschrauben und sie sogar an den Mund setzen. Ob sie Kuchen backt? Ach, nein, damit komme sie gar nicht mehr zurecht. Schon lange nicht. Jens nickt. Was denn so eine alte demente Frau den ganzen Tag mache? Und Laura schildert in fröhlichen Farben das Strickzeug, an dem sie seit einem Jahr herumknotet, und die alten Fotoalben, die immer eine Weile spannend sind, und dass sie ihr manchmal aus der Zeitung vorlese. Dass Susanne sehr oft genau verstehe, was wichtig sei, und manchmal so klug antworte.

„Klug?“, erstaunt sich Ferdinand.

„Ja“, sagt Laura. „Neulich kam sie zu mir in die Küche, wo ich kochte, betrachtete mich eine Weile und sagte: ‚Du scheinst genau zu wissen, was du tust. Sehr beachtlich!‘ Und als ich sie fragte, ob sie denn nicht genau wisse, was sie tue, sagte sie: ‚Nein, ich bin vollkommen desorientiert.‘ Sagte ich: ‚Oh Gott, das muss ja scheußlich sein.‘ Da guckte sie mich eine Weile an, ganz ernst, und sagte: ‚Ach, nicht so schlimm. Nur wenn man klug sein will. Aber ich will nicht mehr klug sein.‘“

„Das hat sie gesagt?“ Ferdinand lacht. „Das hat sie wirklich gesagt?“

„Fantastisch, oder?“ Laura freut es, dass dieser sture alte Esel, der den *Fortschritt* unterm Hintern hatte, als sie ihn vor ein paar Monaten kennengelernt hat, etwas anderes in die Augen bekommt, eine Wehmut vielleicht, eine Frage, von der neulich gar nichts zu spüren war. Vielleicht macht er es doch nicht, denkt sie. Vielleicht, warum nicht, er ist nicht krank und nicht dumm, warum sollte er nicht vorsichtig ein bisschen weiterleben wollen? Und sie ist dabei unsicher, ob sie nicht schon zu viel investiert an Gefühlen und Wünschen in diesen Mann. Schweigt und guckt ihm rasch an die rasierte Backe. Geht sie ein Ferdinand was an? Der wird es schließlich doch so machen, wie er meint. Viele bringen sich ja um. Wenn ihr das jedes Mal weh tun sollte, du liebe Güte!

Als er sie aber fragt, ob sie nicht nächste Woche mit ihm seinen Geburtstag feiern wolle, tut es doch weh. Es ist sein 74ster. Ein Jahr noch und dann wird er haushalten müssen mit den 150 Tausend. Spieler, der er ist, verliert er den ganzen Reichtum vielleicht gleich an der Börse? Ein Schauder läuft ihr eiskalt über den Rücken, nein, nie im Leben wird sie sich an diese Umbringerei gewöhnen. Sie schweigt so lange, wie sie brauchen würde, wenn sie ein Vaterunser beten würde. Er sagt auch nichts.

„Als ich dich zum ersten Mal traf, hätte ich nie geglaubt, ich könne dir ein Wort von Susanne erzählen. Du warst so fortschrittlich, dass mir ganz schlecht wurde", sagt sie leise. „Das hat sich ein bisschen gelegt." Und wenn sie auch das schiefe Grinsen, das seine einzige Antwort ist, nicht ganz und gar deuten kann, versteht sie doch die Verlegenheit darin richtig. Sie betrachten den vermoosten Springbrunnen.

„Willst du dich wirklich umbringen?", fragt sie ihn.

„Naja, bevor ich darbe!"

„Du solltest mal mitkommen zu Susanne. Wenn du sie erlebtest, würdest du vielleicht das Darben anders sehen."

Er holt tief Luft. „Ich weiß nicht, meinst du wirklich, dass so ein unnützes Leben einen beispielhaften Sinn hat?"

„Ach, Mann, wie du redest. ‚Sinn', ‚unnütz'." Ferdinand kommt ihr vor wie Kalle, wenn er seine Hausaufgaben nicht machen will. „Es gehört halt dazu."

Jens weiß nicht. Aber das hat er schon oft genug gesagt.

Am nächsten Mittag ist Laura aufgeregt, das erkennt Jens schon von Weitem. „Markus ist abgehauen", sagt sie. Jens erschrickt so unauffällig wie möglich. Markus! „Markus?", fragt er naiv, wer das nun wieder sei. Der Bruder von Susanne. Er sei auch schon 78. Und habe immer geholfen, Susanne zu betreuen, montags und donnerstags. Vor ein paar Wochen habe er sich plötzlich abgemeldet. Müsse mal verreisen. Und Franziska, das sei Susannes Schwester – jaja, nickt Jens ungeduldig, von der habe Laura schon gesprochen –, Franziska habe erst gedacht, er sei halt müde und brauche eine Auszeit, aber jetzt habe er geschrieben, aus Brasilien. Nein!, denkt Jens.

„Was macht er denn da?", fragt er.

Er habe wohl vor drei Jahren heimlich die Erste Wahl genommen und es keinem gesagt, und einen Teil des Geldes habe er in Brasilien investiert, und da sei er jetzt hin. Genaues weiß Laura nicht. Bloß, dass er jetzt endgültig ausfalle. Montags und donnerstags, das werde happig.

Jens ist erbost. „Das kann er doch nicht machen. Euch einfach sitzen lassen.“

„Das hat er aber“, sagt Laura.

„Montags und donnerstags“, sagt Jens langsam. „Was hat dieser Markus denn mit ihr gemacht? Vorgelesen?“

„Ja, das auch. Oder Fernsehn geguckt.“

Habe sie ihn erkannt, diese Susanne, habe sie ihren Bruder Markus erkannt, wenn er montags und donnerstags kam? Laura lacht. „Nein. Das heißt, wie man’s nimmt, manchmal hat sie Herr Pastor zu ihm gesagt und manchmal Jens.“

„Jens?“ Es durchfährt ihn.

Ja, das sei noch ein Bruder, aber von dem sei eigentlich nur schlechte Luft übrig geblieben.

Röte überflutet sein Gesicht. Er wendet sich ab, holt umständlich sein Taschentuch aus der Jackentasche. Schnaubt sich lange und gründlich die Nase.

„Aha, nach Brasilien“, sagt er tonlos, „wie da wohl Geld zu machen ist?“

Na, das weiß Laura allerdings auch nicht. Aber müsse wohl was mit Zukunft sein. – „Und diese Franziska? Was meint die dazu?“, will Jens wissen. „Sie ist verzweifelt“, sagt Laura und wiederholt, was Franziska gesagt hat, denn das ist drastisch gewesen: „Wir waren mal fünf. Und jetzt ist eine dement, eine tot, einer ein Verräter und der vorletzte fahnenflüchtig.“

„Ab heute gehe ich zu Betty!“, sagt Kalle, als er aus der Schule kommt, und schwingt seine neongrüne Schultasche mit einem Rums auf den Küchentisch, „Strahlensätze!“

Laura unterbricht die Online-Recherche nach Fliederbeersaft und richtet ihren Findeblick auf ihren Sohn, jedoch ohne dass eine Erkenntnis einträte. „Strahlensätze?“

„Ja, du hast gesagt, wenn Strahlensätze drankommen, kannst du mir in Mathe gar nicht mehr helfen, dann hilft nur noch Betty.“

„Ach so“, Laura muss lachen, „hab’ ich das?“ Sie freut sich. Über dieses Kind! Was für ein gewieftes Kerlchen. Er kann ganz gut alleine rechnen, zu Betty zieht ihn eine Liebe. Laura ist stolz auf Kalle. Und wie jedes Mal, wenn sie ihn so lieb hat, kommt eine Wehmut mitgeschlichen, weil Enrico, dieser Blödhammel, abgehauen ist. Es lebt sich doch trotz allem ganz gut in diesem Land. Mit dem Jungen sowieso.

„Oder stimmt es nicht mehr?“ Der so fein wahrnimmt!

„Doch. Willst du vorher noch was essen, oder soll’s sofort sein?“

„Vorher noch was essen.“

Am Nachmittag machen sie sich mit Schultasche auf zu Betty. Kalle ist vernarrt in sie und Laura spürt keine Eifersucht. Mit Betty kann man sich nicht vergleichen, sie ist total jenseits, wahrscheinlich weil sie lesbisch ist. Oder weil sie so alt ist. 86, eine Rarität heutzutage. Aber Betty wäre auch was Besonderes, wenn die Welt von Alten nur so wimmelte. Schon von Weitem: Irgendwas flattert immer an ihr, ein Schal, ein Gewand, eine Kopfbedeckung, sie trägt lauter buntgeflickte Fundstücke, nichts passt je zusammen, alles zusammen stimmt. Sie ist noch kleiner geworden in den letzten Jahren und faszinierte Blicke legen sich oft auf ihren dünnen Scheitel, wenn sie durch die Straßen geht oder in der Tram steht. Dann überrascht sie die Gebannten mit flinkem Kopfheben und einem Blitzen aus den Augen. Wenn sie was Spannendes in dem Gesicht findet, kann es sein, dass sie eine Visitenkarte zückt und dem Gegenüber in die Jackentasche steckt. „Betty Sanden – Mathe-Nachhilfe“ steht drauf, mit Handynummer. Ein bisschen was dazuverdienen könne nicht schaden, sagt sie, sie habe nichts gegen Geld. Manchmal hat sie sich in dem Gesicht geirrt, und es reagiert nicht. Oft kriegt sie aber ganz warme Blicke, eine Rührung, einen Schmerz, eine Bewunderung. Aus Bettys Lächeln kann sich niemand leicht rausziehen.

Mir geht's gut, sagt sie, Gott sei Dank fehlt mir nichts. Auch ein Zuhause nicht, Betty hat die Eigentumswohnung, die sie bis zu Ruths Tod mit ihr bewohnte, gegen eine kleinere getauscht, Küche, Schlafzimmer, Bad, warum sollte sie mehr heizen? Sie ist sowieso öfter bei anderen Leuten als zu Hause.

Kalle vertraut ihr. Mit Strahlensätzen ist er bei Betty gut aufgehoben, genauso wie mit Regenwürmern und Vogelstimmen, Betty weiß einfach so viel. Und Kalle schaut ihr schrecklich gern zu, wenn sie spricht, sie mümmelt die Wörter so gemütlich und ihr Gesicht scheint immer zu lächeln. „Das ist, weil ich keine Zähne mehr habe", hat Betty ihm mal anvertraut und ihn in ihren Mund schauen lassen: Einen einzelnen unteren Eckzahn sah er aus dem rosigen Kiefer wachsen. „Wieso sind sie weg?", wollte er wissen. „Zähne haben eine begrenzte Haltbarkeit, nach und nach fallen sie aus."

„Blüht mir das auch?"

„Ja", sagte Betty, ohne zu zögern.

„Hat der Junge ein bisschen Zeit?", fragt sie jetzt, als sie die beiden in ihre Wohnung lässt, „ich würde ihn nachher gern mitnehmen auf den Zeiser Berg, die Brombeeren sind reif."

Ja, Kalle hat Zeit und es passt Laura gut, dass sie nachher rausgehen, denn sie wird Betty die Wohnung putzen für die Nachhilfe, da ist sie sowieso lieber allein. Während die beiden in der Küche Strahlensätze machen, fängt Laura im Schlafzimmer an, zieht das Bett ab, geht mit nassem Lappen über die Flächen. Es liegt nicht viel rum. Eine Brille, sauber abgelutschte Nussstückchen auf einem Schokoladenpapierchen, ein kleines Fotoalbum. Laura legt alles wieder hin, wie's war. Holt den Staubsauger, saugt die Teppiche ums Bett. Bezieht das Bett neu. Hebt das Fotoalbum auf, das ihr dabei vom Nachttisch gefallen ist. Es liegt aufgeschlagen, Laura blättert, bevor sie es zurücklegt. Viel Gegend, reichlich Pflanzen. Hier, diese letzten Bilder zeigen bestimmt Ruth. Laura findet Ähnlichkeit mit Susanne. Eine Bergkulisse, Schnee. Laura meint, davon gehört zu haben, dass Ruth und Betty in die Schweiz gefahren sind, als es mit Ruth zu Ende ging. Weiter vor ist ein Bild mit Kerzen. „1.11. 2026, Ruths 74. Geburtstag in Lungern", liest Laura. Sie blättert noch weiter zurück, immer wieder Ruth: im Sessel, auf einer geschnitzten Bank, einmal im Rollstuhl an einem zugefrorenen Ufer. Und dann ein Bild, wo auch Susanne drauf ist. Ruth, ein Mann und Susanne, ja, genau, fast wie sie sie kennt. Laura muss grinsen. Ihre wilden Haare, ein bisschen voller als heute. Und noch keine permanente Frage in den Augen. Laura sieht sie gern an. Das jüngste Fotoalbum von Susanne endet 2011, danach landeten alle Fotos in Schuhkartons oder im digitalen Off. Wann dieses wohl aufgenommen ist? Laura erkennt das Sofa, auf dem die drei sitzen, das ist bei Susanne in der Wohnung. Es steht kein Hinweis neben dem Bild. Laura lupft es, um drunterzuschauen, und weil es schlecht klebt, hat sie es schon in der Hand und dreht es um. „Susannes 74ster Geburtstag. Mit Jens. Markus und Franziska sind schon gegangen."

Laura betrachtet das Bild genau. So also hat Jens ausgesehen, der schlimme Bruder, als er Susanne verkauft hat. Laura schaut ihn lange an, er kommt ihr nicht fremd vor. Sie sucht das Verräterische, kann nichts finden, sucht die Familienähnlichkeit. Susanne, Ruth, Jens. Und auf einmal – das fängt in Zeitlupe an, als ob sich ein Nebel vor ihrer Netzhaut, vor ihrem Hirn auflöste –, mit immer größer werdenden Augen erkennt sie Ferdinand.

Laura hat dem Impuls, das Foto in ihre Hosentasche zu schieben, keinerlei Widerstand entgegengebracht. Zwar ohne zu wissen, was sie damit machen wird. Es ihm ja wohl unter die Nase halten. Lieber noch vor den Latz knallen. Oh, wie fassungslos wütend sie ist. Er hatte ihr leid getan, verdammt, mit seinem langweiligen Alter und der traurigen Überzeugung, dass Glück nur aus Geld und Sicherheit bestehe.

Sie hat ihm irgendwie eine Lebenslust machen wollen. Dabei hat er sie nur über seine Schwester ausgehorcht. Laura holt sich die Begegnungen mit Jens alias Ferdinand wieder vor Augen und findet überall verdächtige Momente. Wie er sich interessiert, Verständnis und Skepsis geäußert hat. Aber warum bloß? Was will er von Susanne noch? Hat er nicht die 150 Tausend genommen? Mehr ist absolut nicht zu holen, Laura muss ja lachen, wenn sie an den Inhalt von Susannes Schränken und Kommoden denkt. Ist Jens irre? Will er Susanne umbringen, um sein Werk zu vollenden? Hat er sich generell das Alter zum Feind erklärt?

Die nächste Begegnung mit ihm will Laura nicht dem Zufall überlassen, sie ruft ihn an. Versucht eine neutrale Stimme, sie will ihn nicht am Telefon schon vorvergiften, sie will ihn sehen, wenn er anfängt, bleich zu werden. Oder grün. Ganz gelingt ihr die Unbedarftheit nicht. „Morgen Mittag um 14 Uhr?“, das fragt er in gedehnter Verwunderung und lässt ein langes Ja folgen. „Warum nicht? Ich wollte sowieso kommen.“

Am Vormittag ist Laura bei Susanne gewesen, und es ist alles ganz schlecht gelaufen. Sie selbst war gereizt und unkonzentriert, hatte die Waschlappen nicht in Reichweite, als Susanne Bereitschaft signalisierte, sich waschen zu lassen, und als Laura sie geholt hatte, war Susanne schon mit dem Anziehen ihrer Strickjacke beschäftigt und sah keine Veranlassung, diese erfolgreich abgeschlossene Unternehmung einer grimmigen fremden Frau zuliebe rückgängig zu machen. Was er sich einbilde, hatte Susanne zu ihr gesagt, er glaube wohl, er könne sich alles erlauben. „Ich bin nicht Jens!“, hatte Laura erbost geantwortet und der Situation damit kein bisschen gedient. „Dass du so garstig sein kannst“, sagte Susanne, „du missfällst mir zutiefst“, und bedachte Laura mit Blicken, die es nur ganz zu Anfang ihrer Bekanntschaft gab: zutiefstes Missfallen. Als sei sie nicht seit Jahren ihre beste Vertraute, ihre Behüterin und Verteidigerin. Laura hat einen langen

Schrei loswerden wollen, einfach senkrecht nach oben zur Zimmerdecke, ohne jemanden zu streifen oder zu strafen, denn niemand ist ja Schuld und selbstverständlich ist sie schlau genug, um das Missfallen nicht persönlich zu nehmen, aber zutiefst unpersönlich fährt es ihr doch unter die Haut.

Umso besser bewaffnet ist sie, als sie um zwei im Stadtpark aufkreuzt. Sie hat einen Flammenwerfer im Gepäck und scharfe Klingen, ein Eisengesicht mit klitzekleinen Ohren, in die gespreizte Erklärungen nicht reinpassen werden. Einen Plan hat sie immer noch nicht, aber sie hat in den letzten Tagen so viele Schmähreden gegen Jens alias Ferdinand geschmettert, dass ihr schon eine davon wieder hochkommen wird, wenn sie ihn vor sich hat.

Keinesfalls will sie auf der Bank sitzen und auf ihn warten, deshalb läuft sie herum, bis sie ihn um den Kiosk biegen sieht, elf Minuten zu spät! Sie ist wie ein Luchs, nichts entgeht ihr. Sie bemerkt seinen schnellen Blick zur Bank, sein Innehalten, als er sie leer sieht, sein Suchen im Park herum, bis er Laura entdeckt.

Obwohl sie hundert Meter voneinander entfernt sind, zuckt etwas zwischen ihren Augen, und langsam wie zwei Katzen nähern sie sich ihrer Bank. Passen ihre Geschwindigkeit einander an, damit sie zugleich ankommen, und setzen sich synchron hin. Sie spürt seinen dünnen Blick, für den er nur die Augenwinkel investiert. Das freut sie, er ist bereits verstummt allein durch ihre Wut. Und sie weiß im selben Moment, dass sie ihm nichts zu sagen braucht. Er weiß, dass sie weiß, wer er ist. Gar keine Frage. Aber einen Triumph will sie schon noch haben.

Sie zieht das Foto aus der Innentasche ihres Mantels. Schaut es eine Weile so an, dass Jens es nicht sehen kann. Nickt und schnaubt. Reicht es ihm rüber, ohne den Kopf in seine Richtung zu drehen. Kriegt dennoch mit, wie vorsichtig er es nimmt, um Lauras Hand nicht zu berühren. Sehr gut. Und die Unbeweglichkeit, mit der er den Blick auf das Foto gesenkt hält. So soll es sein! Verräter, Feigling, Mörder.

Unmensch. Laura findet die Worte alle so unsagbar wie ihn selbst. Unsagbar und undiskutierbar.

Auf einmal ist sie todmüde. Könnte in diesem Schweigen die Augen zumachen und schlafen. Bittet Jens heimlich, nichts zu sagen, einfach nur das Foto anzugucken und anzugucken. Möge es dunkel werden darüber. Über seinen gelackten Schuhen, über der Parkbank, über der Wut, die sie hatte und von der nur noch ein schwerer muffiger Dunst übrig ist. Nicht dass sie ihm verzeiht. Wie käme sie dazu? Nicht dass sie ihn versteht, keinesfalls. Vertagen würde sie die ganze Angelegenheit gern, ihre Müdigkeit ist so groß. Eine uralte ungeschlafene Müdigkeit ist das, die älter zu sein scheint als diese Geschichte.

Sie blickt auf, weil Jens mit dem Foto vor ihrem Gesicht langsam hin und her wedelt. Sie nimmt es, berührt dabei flüchtig seine Hand, was soll's. Schiebt es wieder ein. Legt die Hände in den Mantelschoß. Sieht in den trockenen Springbrunnen. Zeit vergeht einfach. Sie ist nichts von dem losgeworden, was sie ihm sagen wollte. Er hat sich nichts anhören müssen, aber es ist trotzdem erledigt.

Sie steht auf. Zum ersten Mal begegnen sich ihre Augen. Nein, Laura wäre nicht mitleidig, wenn seine feucht wären. Und kriegte keinen Schreck, wenn sie klein und feindlich guckten. Aber sie sind beides nicht. Er hat ein Gesicht wie am Ende eines ernsten Buches. Traurig und einverstanden, mitgenommen und leer. Unentschlossen, ob er jetzt in seine eigene Geschichte zurückkehren oder das Buch fortschreiben will.

„Morgen", hört sie sich sagen. „Komm' morgen zu Susanne. Gegen elf."

Das hat Laura überhaupt nicht vorgehabt zu sagen.

Jens macht die Augen zu und nickt.

Es stürmt heftig Laub und Papier durch die Bachstraße. Laura tritt immer wieder in herzklopfender Bereitschaft zum Unwetter ans Fenster. So viel Papier! Ein Altpapiercontainer scheint irgendwo umgekippt zu sein. Zeitungspapier, reichlich blaues ist dabei. Sie schaut in das Wirbeln und Tosen, schielt manchmal den Bürgersteig entlang, wer da wohl geht und kommt bei dem Sturm, lässt sich von den Fetzen mitreißen, versucht sie zu verfolgen, wie sie kreiseln und taumeln, plötzlich in die Höhe schießen und aus ihrem Blick verschwinden.

Es soll Kartoffelbrei geben. Spinat und Käseomelette. Das mag Susanne fast immer. Laura hat großzügig Kartoffeln geschält. Bedächtig, mit verschwommenem Blick und ohne aufhören zu wollen. Der Wind draußen macht sie langsam. Mal sehen, ob sie die Kartoffeln alle stampfen oder welche für Bratkartoffeln aufbewahren wird. Mal sehen, ob sie zu zweit oder zu dritt essen werden. Ob um halb zwölf oder um drei. Oder ob's ganz anders kommt.

Susanne liegt im Wohnzimmer auf dem Sofa, Laura hört keinen Laut von ihr, wahrscheinlich schlummert sie. Sie hatten heute einen ganz guten Vormittag miteinander, kooperativ und ohne viele Worte. Laura ist versucht gewesen, ihr Jens anzukündigen. Hat die ganze Zeit wortlos Sätze formuliert. Weißt du, wer heute kommt? – Erinnerst du dich an Jens? – Dein kleiner Bruder kommt heute. Irgendeine kleine Vorwarnung hat sie Susanne geben wollen. Vielleicht hat sie sich selbst eine Reaktion von ihr gewünscht, an der sie ablesen könnte, ob Susanne sich freut. Ob es gut gehen wird, was Laura da eingefädelt hat. Aber Susanne war auffallend still. „Oh wehele", hat sie ihr nur einmal zugezwinkert, als sich Laura nach dem Schuheanziehen ächzend aus der Hocke gestemmt hat.

Drei Eier köpft Laura in die Schüssel, lässt Wasser dazurinnen. Salz streut sie drüber und geriebenen Käse. Es pfeift, es raunt durch die Fenster, sie hat den Geruch von Herbstlaub in der Nase, ohne dass sie die stürmische Luft in die Küche gelassen hätte.

Ein Blick ins Wohnzimmer. Susanne ist wach.

„Brauchst du was?“ Sie schüttelt den Kopf, sehr ruhig ist sie heute. Ein bisschen traurig vielleicht? Manchmal hat sie solche Phasen.

Mit dem Schlag der Wohnzimmeruhr klingelt es an der Haustür. Laura drückt auf, öffnet die Etagentür einen Spalt weit. Hört schwer die Haustür ins Schloss sinken, hört ihn die Treppe raufkommen. Geht in die Küche zurück. Wo sie aus dem Fenster guckt. Die Schritte sind oben angekommen und als sie zur Tür geht, sieht sie ihn stillgrau davor stehen. Unschlüssig guckt er sie an.

„Hallo“, sagt Laura und reicht ihm einen der Bügel, die an Kleiderhaken hängen. Er tritt ein, schließt die Wohnungstür und weicht ein bisschen zurück vor der Wand, die den Flur abtrennt.

„Das ist die Wand“, sagt Laura, und Jens nickt. Hängt den Bügel mit seiner Jacke an einen der Haken.

„Ich koche gerade.“

Jens steht in der Küchentür. „Ist sie im Wohnzimmer?“

„Ja.“

„Was kochst du denn?“

„Kartoffelbrei mit Spinat.“

Auch für ihn, womöglich. Sein Gesicht verrät nicht, ob er mitessen will.

Als Laura sich zum Kühlschrank wendet, um den Spinat rauszuholen, spürt sie, wie er zum Wohnzimmer geht. Hört, wie er die Tür zumacht.

Es ist seine Sache, wirklich, es geht sie nichts an. Und es ist Susannes Sache und obwohl viele von Susannes Sachen sie was angehen – was da jetzt im Wohnzimmer vor sich gehen mag, das nicht.

Auf einmal muss sie an Anton Sternbichler denken. Sie sieht ihn in seinem Ohrensessel, die kleinen blassen Augen, mit denen er so lange ein Publikum bannen konnte. Und während Laura in den Eiern rührt, erinnert sie sich ganz stark an das Gefühl, das sie hatte, als sie Anton Sternbichler mit dem Zivi aufs Bett hob, keuchend und vorsichtig, in vollständig versammelter Anwesenheit. Um ihm seinen Weg möglich zu machen, der sie nichts anging.

Nur langsam schafft sie es, sich zum Rührei zurückzuholen. Hat sie Salz drin? Sie steckt den Finger rein und leckt ihn ab, ja. Zwei Kartoffeln für Susanne, drei für sie, fünf für Ferdinand – Jens!, verbessert sie sich in Gedanken. Sechs bleiben für Bratkartoffeln. Die legt sie auf einen Teller in die Fensterbank und ist froh über den Sturm draußen, dem sie sich eine Weile überlässt, und sie spürt den feinen Luftzug unterm Fensterrahmen, bis Jens aus dem Wohnzimmer kommt.

Wieder steht er in der Küchentür. Nein, er will nicht mitessen. Danke. Sie wischt sich die Hände an einem Geschirrtuch ab und schaut ihn an. Seinen Schultern fehlt Haltung, seine Augen blinzeln und scheinen nirgends anhalten zu wollen. Wie einer, der seine Rolle nicht mehr weiß, seinen Vers vergessen hat.

„Danke", sagt er noch mal und guckt über die drei Teller, die Laura nebeneinander auf den Küchentisch gestellt hat. „Ja", sagt er, und „bis dann". Und bewegt sich nicht vom Fleck, bis Laura endlich tief aufseufzt, das Tuch ordentlich über die Stuhllehne hängt und alle verfügbare Zustimmung in ihr Gesicht legt.

„Bis dann", sagt sie freundlich und berührt kurz seinen Arm. Da geht er, wie erlöst, wortlos. Die Wohnungstür klingt leise ins Schloss und Laura legt fünf weitere Kartoffeln auf den Teller beim Fenster.

Es scheint Gott sei Dank alles gut zu gehen. Susanne sitzt in zwei Metern Abstand von Jens auf ihrem Armlehnenstuhl, warm verpackt und gepolstert, mit einem Kissen unterm Po und einem im Rücken, die Beine hochgelagert auf einem Hocker. Und die karierte Decke drüber. Sie macht momentan keine Anstalten, aufzustehen, um ihre Eltern, Geld oder ein altes Etwas zu suchen oder die Fernbedienung in den Kühlschrank zu legen. Sie sagt hin und wieder kleine Sachen wie: „So, so, also. Das hätte einer ja nicht gedacht." Und klopft mit dem Zeigefinger auf ein Karo.

Jens hat sie alles gefragt, was ihm eingefallen ist: wie es ihr gehe, ob sie was trinken wolle, ob sie sich an früher erinnere, an ihn, Jens, ihren kleinen Bruder?

„So, so. Also, das waren wohl andere Zeiten", hat Susanne gesagt und ist eingeschlummert. Jens versucht zu lesen. Eine *Frau im Spiegel*, ganz zerknittert und fummelig die Zeitung, er findet das Datum: 2027 – fünf Jahre alt!

Er ist noch nie einen ganzen Tag mit Susanne allein gewesen und hätte es auch freiwillig nicht gemacht. Aber die Studentin, die ihn ablösen sollte, hat angerufen gegen Mittag, sie habe sich in der Mensa in der Aufzugtür geklemmt und müsse zum Arzt. Laura ist vier Zugstunden entfernt, wie er Betty erreichen könnte, weiß er nicht, und Franziska kann er auf keinen Fall anrufen, wo die noch gar nicht weiß, dass er wieder existiert, nein, Franziska unter keinen Umständen. Also gibt's niemand, der ihn erlösen könnte. Bis zur Nachtwache. Eine Studentin für die Nacht kommt sicher, davon ist Jens überzeugt.

Nach dem Mittagessen ist Susanne auf dem Klo gewesen, das hat sie allein geschafft. Er hat vor der Klotür gestanden, die ist einen Spalt offen geblieben. So hat er das bei Laura gesehen. So hat sie ihm das erklärt, Susanne komme meistens allein zurecht, er solle bloß in Rufweite sein, das gebe ihr Sicherheit, und wenn ein Tropfen in die Hose gehe, sei das nicht schlimm, sie habe ja eine dicke Einlage. Er hat nicht durch den Türspalt geguckt. Als sie wieder rauskam, klemmte ein Stück Rock in der Strumpfhose, das hat er ihr rausgezupft.

Nun ist es schon vier Uhr, er entspannt sich, alles scheint gut zu gehen, nach wie vor kennt ihn Susanne nicht, aber sie verhält sich friedlich. Zusammen haben sie Fotoalben angeguckt und sind im Flur auf- und abgewandert. Er hat einmal mit ihr ins Schlafzimmer gehen müssen, da schien sie ganz unbedingt was zu suchen, ich brauche das dringend, hat sie gesagt, das kannst du nicht verstehen, dafür bist du noch zu klein. Zu klein!, hat Jens gedacht und grinsen müssen. Sie kramte in alten Kisten und zog schließlich, als er schon fürchtete, sie könne bald nicht mehr stehen, eine Schuhbürste aus einem alten Stoffbeutel. Er hat nicht den Eindruck gehabt, dass diese Bürste genau das gewesen ist, was sie gesucht hat, aber er beglückwünschte sie zu ihrem Fund, damit sie endlich wieder ins Wohnzimmer gehen konnten.

Da sitzen sie nun schon zwei Stunden, haben Kaffee getrunken und Melone gegessen, Susanne sicher auf dem Sessel, er sicher auf dem Sofa.

Susanne wacht auf. Sie scheint Jens gar nicht wahrzunehmen. Umständlich macht sie sich daran, aufzustehen. Die Decke irgendwie weg auf den Boden, die dünnen Beine in den Wollstrumpfhosen, die Füße in den abgeschabten Lederschluffen, runter vom Hocker, Jens weiß nicht, ob er was sagen soll.

„Ah, Susanne – aufgewacht!“, versucht er es.

„Ja, ja, jetzt aber“, sagt Susanne. „Jetzt aber kantapper.“ Sie steht, sucht Halt, nimmt den Tisch, nimmt Jens’ Arm.

“Wohin?“, fragt Jens.

„Pinkeln“, sagt Susanne.

„Okay“, sagt Jens und kennt das ja nun schon. Nicht das Tollste, aber wird schon gehen.

Da riecht er.

Er riecht es. Er will das nicht, er hofft, dass es hier nichts zu riechen gibt. Er hält den Atem zurück.

Er denkt „Kacke“. Er will das nicht denken, aber er riecht es. Zwei Schritte haben sie erst gemacht zum Bad, Susanne an seinem Arm, seine alte Schwester, die ihn nicht mehr kennt, eine alte Frau, die er nicht kennt, er hat noch nie … das kann er nicht.

„So, so", sagt Susanne, „jetzt aber mal schnell!"

Jens hat keine Worte, er möchte, dass jetzt nichts weitergeht, er sieht es vor sich, was soll er machen, sie hat in die Hose gemacht, er muss sie sauber machen. Himmel, er hat nicht mal Kinder gehabt, ihm ist kodderig zumute. Nicht mal konkret geekelt, irgendwie anders übel, mit Schweiß auf der Stirn, im Kopf schlecht, er weiß einfach nicht, was er machen soll.

„Wo gehen wir hin?", fragt Susanne.

„Zum Klo." Jens hat eine Roboterstimme.

„So, so, das ist aber auch Zeit."

Sie sind im Bad, es gibt zwei Armlehnen am Klo.

„Kannst du dir die Hosen runterziehen, Susanne?"

„Na, wo wären wir denn da?"

„Ich mach' dir den Rock hoch, okay?"

„Was machst du?"

Er hebt ihr den Rock hoch. So einigermaßen auf Halbmast hochgezogen findet er Strumpfhose und Unterhose.

„Und jetzt mach du die Hosen", sagt er.

Susanne nimmt eine Hand von der Armlehne und versucht, sich damit die Hosen runterzuziehen, beide in einem. Jens findet das gut, alles auf einmal runter. Aber es will nicht recht gelingen. Susanne hat nicht genug Kraft mit einer Hand.

„Warte, ich halte dich, dann kannst du die Armlehne loslassen und beide Hände nehmen." Er hält sie an den unteren Rippenbögen und gleichzeitig den Rock hoch. Susanne hat beide Arme frei. Sie schafft das. Sie zieht die beiden Hosen runter, Jens hält, ohne sie loszulassen, so viel Abstand wie möglich.

Er zieht den Bauch ein. Er schluckt mit den Augen, er atmet nicht. Vor ihm der 80-jährige Po seiner Lieblingsschwester. Und es ist was dran, platt gedrückt.

Ach Gott, Susanne! Bitte, nicht! Susanne!

Schon wie lange hat er nicht mehr geweint. Schon so lange nicht mehr hat es ihn geschüttelt, hilflos in plötzlichem Schluchzen. Er unterdrückt es verzweifelt lautlos, versucht, das Erschüttern nicht in seine Hände, seine Stimme gehen zu lassen. Er muss doch Susanne nun sagen, dass sie sich umdrehen muss und sich setzen. Aber er hat gar keine Stimme mehr.

„Und jetzt umdrehen?", fragt Susanne. Jens nickt dankbar hinter ihr. Susanne, als hätte sie es gesehen, greift mit der rechten Hand zur linken Armlehne und macht kleine Schritte um sich selbst. Jens geht mit. Sie ist schon fast rum. Ihre linke Hand sucht nun hinterrücks die andere Armlehne. Jens lässt seinen Rippengriff los und führt Susannes Hand hin. Nun hat sie Halt, nun setzt sie sich.

Er steht vor ihr. Steht nur da. Tränen laufen ihm über die Backen. Er dreht sich um. Weiß nicht, was er machen soll. Sieht durch seinen Schleier Zahnbecher. Zahnbürste. Pasta. Waschlappen hängen an Haken, darüber Aufkleber, er blinzelt, „oben" und „unten". Die Tränen hören auf. In einem Regal stehen Küchenrolle, Babyöl. Liegt eine Tube. Drei übereinander gestapelte solche Einlagen, wie er sie in Susannes Unterhose gesehen hat. Nicht nur ein paar Tropfen waren drin. Schwer von gelber Nässe und mit Stuhlgang dran. Die muss er jetzt wegnehmen und ihr eine neue reinmachen. Und Susannes Po hat er sowieso noch vor Augen.

Er kniet sich vor sie und nimmt vorsichtig, ohne sich schmutzig zu machen, die Einlage aus der Unterhose. Wohin damit? Er steht auf, will sich nicht rühren mit dem schmutzigen Ding in der Hand, sucht mit den Augen herum, Mülleimer. Da stopft er sie rein. Nimmt eine neue Einlage vom Regal. Kniet sich wieder vor Susannes Füße in den ägyptischen Schluffen und klebt die Einlage in den Schritt der Unterhose. So ungefähr in die Mitte, wo die andere gesessen hat. So, das hat er gemacht, das hat er jedenfalls schon mal geschafft.

Da spürt er die Hand auf seinem Haar. Blickt hoch und findet sich mitten im Lächeln. Das gilt ihm. Etwas schmilzt in seinem Kopf. Susannes Blick liegt auf ihm wie früher. In ihrem knittrigen, vorhin noch so fremden Gesicht funkeln die alten Augen wie je und so liebevoll wie immer. Sie streichelt ihm Haar und Wange. Irgendwas will lächeln in Jens, das tut fast weh. Wärme steigt ihm langsam bis ins Gesicht. Bis in seine weinenden Augen. Er bewegt sich nicht. Er vergisst den Po. Er sagt nichts. Die Tränen rinnen ihm wieder über die Wangen.

„Sei nicht traurig. Bald kommt doch die Mama wieder“, sagt Susanne.

Jens schaudert. „Ach, Susanne!“

Ihre Augen werden weit. Dunkel. Ihr ganzes Gesicht wird ruhig und dunkel.

„Groß bist du geworden, kleiner Bruder! Du kannst mal langsam aufhören mit Wachsen!“ Er muss sofort lachen. „Ich werde groß wie ein Baum“, sagt er. Dass ihm sein Kinderspruch jetzt wieder einfällt! Und Susanne sagt, was sie jedes Mal darauf geantwortet hat: „Groß wie ein Buxbaum.“

Ja, er hat Susannes Hintern sauber gemacht an diesem Nachmittag. Mit Klopapier und angehaltenem Atem. Mit Waschlappen und Seifenschaum, vorsichtig, er war wirklich ganz, ganz behutsam dabei, er hat sogar behutsam geschaut und behutsam geatmet, er hat so lange gewaschen, bis der Waschlappen sauber blieb. Sie hat sich am Waschtisch festgehalten. Dann hat er das Babyöl benutzt. Dann die Hosen hoch. Mit dem Unterhemd in die Hose hat er sich schwergetan, Susannes Bauch ist so nah am Waschbecken gewesen. Seine Hände riechen jetzt nach Babyöl – und dem anderen. Obwohl er sie gründlich gewaschen hat. Das ist widerlich. Es muss eine Möglichkeit geben, Susanne sauber zu machen, ohne danach zu riechen.

Er wird Laura fragen, wie man das macht.

„Gummihandschuhe – oberstes Regalfach", schreibt Jens in dringend rot. Er ist mit einem DIN-A4-Block karierten Papiers und drei Farben Fineliner ausgerüstet, um sich Klarheit über Susanne zu verschaffen. Er will besser informiert sein, hat er Laura etwas ärgerlich erklärt, wenn er bei Susanne sein soll.

Soll?, hatte Laura gedacht und lieber nichts gesagt.

Dass zum Beispiel gar niemand in der Nacht bei ihr ist, das hätte er wissen wollen vorgestern Abend. Um elf Uhr hat Jens Laura schließlich auf dem Handy erreicht, völlig ratlos mit seiner sturen Schwester am Küchentisch sitzend, die kein Nachthemd anziehen wollte, kaum noch gehen konnte vor Müdigkeit und wissen wollte, wann sie denn endlich ankämen, Paris sei doch sonst nicht so weit gewesen. Laura hatte sich am Telefon das Lachen verkniffen, denn seine Stimme klang, als weinte er bald.

Dass Susanne also vor dem Abendbrot bereits ins Nachthemd muss und dann mit Schlaftablette die Nacht allein verbringt, weiß Jens inzwischen. Und wo die Gummihandschuhe sind.

Laura schiebt sich einen kleinen Fisch in den Mund. Sie sitzen bei Stefano und sie hat diesmal nichts dagegen gehabt, dass Jens sie einlädt.

„Was mache ich denn, wenn sie weg will?"

„Wenn es tagsüber ist, gehst du mit ihr raus", antwortet Laura. „Nach Möglichkeit."

„Was heißt das?"

„Nun, es kommt vor, dass sie einfach nur weg will, ganz generell. Dann will sie aber nicht eigentlich die Treppen runter, dann will sie nur … einfach nicht mehr … so da sein. – Verstehst du?"

Nein, Jens guckt nicht so, als verstünde er. Laura seufzt. Sie darf nicht zu viel erwarten. Und braucht's auch nicht. Die Studentinnen kommen auch irgendwie mit Susanne zurecht, ohne dass sie Laura sehr empathisch erschienen. Der Jens Ferdinand, der wird es schon machen.

„Und was mache ich, wenn sie will und doch nicht will?"

„Also, es kann sein, dass sie dich beschimpft, weil du schuld bist, dass nichts richtig ist. Weil es weder gut ist zu bleiben noch gut ist zu gehen. Mach einfach alles mit, was sie anfängt. Und tu nie so, als sei sie dämlich."

Jens zieht die Augenbrauen hoch. Die Fineliner liegen rot grün blau auf dem Karopapier.

„Also", Laura holt doch ein bisschen aus, „angenommen, sie sagt, sie will nach Hause. Dann sagst du auf keinen Fall, dass sie hier zu Hause ist. Auch wenn sie an der Wohnungstür rüttelt und behauptet, dass du sie hier einsperrst. Du entschuldigst dich am besten, schnappst ihren Stock, bietest ihr den Mantel an, nimmst ihn mit, wenn sie ihn nicht anziehen will, und schließt die Wohnungstür auf. Dann siehst du schon. Entweder sie macht sich dran, runterzugehen, oder sie dreht sich um und ruft ‚Nein, Nein, Nein'. Und dann gehst du selbstverständlich mit ihr wieder rein. Und sagst nicht: ‚Aber du wolltest doch unbedingt raus.'"

„Aber die Treppen! Schafft sie die denn noch?"

„Sie hält sich mit einer Hand am Geländer und auf der anderen Seite unterstützt du sie. Du bist immer eine Stufe vor ihr beim Runtergehen und eine Stufe hinter ihr, wenn sie raufgeht."

Jens nickt. „Und wo gehen wir hin? Gibt es eine feste Runde?"

„Überlass ihr ruhig die Richtung. Sie geht sowieso keinen Schritt mit, wenn du gegensteuerst. Aber wenn du sie innerlich bejahst, kommt ihr meistens am Kleinen Stadtpark aus."

„Magie?"

„Du wirst das merken", sagt Laura und glaubt es noch nicht richtig. „Wenn es nicht gerade akut lebensgefährlich ist, was sie tut, dann ist es am besten, du sagst gar nichts und versuchst, völlig einverstanden zu sein. Am Ende kannst du schon mit dem leben, was passiert."

Jens betrachtet seine Finger, dann lacht er auf einmal kurz auf, nimmt, ohne zu überlegen, grün und schreibt.

„Wie hast du das denn jetzt aufgeschrieben?", will Laura wissen und versucht, es über Kopf zu lesen.

Aber Jens legt seine Linke auf das Geschriebene. „Ich glaube, ich weiß schon, was du meinst", sagt er und macht eine Wellenlinie drunter.

„Na dann." Laura schaut über ihre Schulter. Sie fragt sich, was Franziska wohl sagte, wenn sie sie hier mit Jens sähe. Der sich immer noch nicht getraut hat, bei ihr anzurufen. Aber hier sitzt mit Din-A4-Block und konkreten Fragen zu Susanne. Der er vor sechs Jahren 150 Tausend geklaut und sie sitzen gelassen hat.

Laura hat Saltimbocca alla Romana bestellt, das Teuerste von der ganzen Karte.

„Was mache ich, wenn sie unterwegs mal muss?"

„Pech." Laura grinst zwischen Mitleid und Schadenfreude. „Dann macht sie wohl in die Hose. Dir wird heiß und kalt, du wirst umdrehen wollen, sie wird es merken und dich weiterziehen. Vielleicht zeigen ein paar Leute mit dem Finger auf sie."

Jens stöhnt. „Und du hast sie immer wieder heil nach Hause gebracht?"

„Ein paar Mal habe ich ein Taxi gerufen, weil sie die ganze Wiesenstraße runterwollte und schließlich nicht mehr konnte."

„Okay." Jens schreibt „Taxi" auf, schiebt sein Büro beiseite, denn das Essen kommt.

„Trinken!", sagt Laura.

„Wie viel muss sie trinken?" Jens greift sofort wieder zum Stift.

„Wenn sie einen Liter am Tag schafft, hat sie viel getrunken."

„Das ist doch viel zu wenig!"

„Stimmt", seufzt Laura, „vielleicht gelingt es ja dir, sie mehr trinken zu lassen." Schlauschnacker! Sie winkt dem Kellner. „Die Dessertkarte, bitte!"

Als Jens aufgestanden ist, um zur Toilette zu gehen, dreht Laura rasch den Block herum und liest:

Susanne ist Robinson Crusoe, ich Freitag.

Ihr gehört die Insel.

„Was machen –?"

Vor dem „Sie" bricht die Frage ab. Jens erstarrt. Die Antwort „Du!" nimmt schon den ganzen Raum ein. Es ist Franziska.

Hinter ihm, über ihm. Er kann sich nicht zu ihr umdrehen, weil er auf den Knien ist, vor dem offenen Schrank, den halben Inhalt um sich ausgebreitet, Schachteln, Schallplatten, Fotoalben, Kerzen. Langsam stellt er einen Fuß auf, hält sich am wackeligen Brett eines Schrankfachs fest.

Laura hat es ihm prophezeit, er hat es nicht kommen sehen wollen. Einmal erwischt dich Franziska bei Susanne, du musst dich endlich bei ihr melden. Hat er nicht geschafft. Jetzt steht sie hinter ihm. Sieht ihm zu, wie er aufsteht, er spürt ihren Blick heiß auf seinem Hintern, seinem Rücken, seinem Hals.

Er kommt langsam in die Höhe, ein Knoten ist in Franziskas Schuhriemen, sie hat den Wintermantel noch an und an ihrem Hals schaukelt ein gelber Schmetterling aus Glas. Bebt. Jens schaut ihr ins Gesicht, es hilft ja nichts.

„Du!" Franziskas Blick kann kleine Löwen töten.

„Ja." Er schaut zu Susanne rüber. Sie schläft immer noch auf dem Sofa. Er hat ihr ein Kissen unter Knie und Waden gelegt, ihre Fersen schweben in der Luft, genau wie Laura es ihm gezeigt hat.

„Wie kommst du hier rein?" Franziskas Stimme ist leise und scharf.

Jens reibt sich die Hände an der Hose, schiebt mit dem Fuß einen Karton zur Seite. „Lametta drin", sagt er und grinst schief.

Franziska verzieht keine Miene.

Er verlagert das Gewicht aufs andere Bein. Er hat sie anrufen wollen, er hätte es vielleicht sogar morgen gemacht. Er hat nur nicht gewusst, was er sagen sollte, so wenig wie jetzt. Soll sie also reden, er bleibt einfach stehen. Kann sie ihn angucken, kann sie alles sehen. Wie er da steht. Hose, Hemd. Hausschuhe, die wahrscheinlich Markus gehören. Soll sie sehen, dass er ihrem Blick nicht ausweicht, dass Susanne ein Kissen unter den Beinen hat. Dass er im Schrank „Paris bei Nacht" gesucht hat, die alte Schallplatte mit französischen Chansons.

Irgendwann wird sie auch feststellen, dass er den Plattenspieler repariert hat, einen neuen Treibriemen hat er gebraucht, das war nicht einfach. Noch sieht sie nichts. Der Schmetterling hängt jetzt ruhig an ihrem Hals, ihre Hose ist kariert, der Gürtel ihres Mantels baumelt auf ihrem Schuh. Tapfer hebt er den Kopf wieder. Franziska wendet sich bereits zum Sofa, auf dem Susanne liegt. Die ist wach geworden.

„Susanne! Geht es dir gut?“ Franziska beugt sich über sie.

„Ja, gut. Und Ihnen?“ Susanne hat sich halbwegs aufgerichtet und versucht, ins Sitzen zu kommen. „Alles immer gut soweit?“

Franziska hält ihr die Hand hin, hilft ihr auf die Sofakante. Jens tritt hinzu, kniet und schiebt Susanne die ägyptischen Schluffen an die Füße.

„Na, siehst du“, sagt Susanne.

Franziska setzt sich neben sie. Jens setzt sich an die andere Seite. Damit das klar ist. Beide schauen Susanne an.

„So, so“, sagt die und lehnt sich zurück, „das waren mal Zeiten.“

„Weißt du, wer das ist?“, fragt Franziska sie, ohne Jens anzugucken.

„Der Jens. Wer sonst?“, sagt Susanne.

Franziska nickt: „Wer sonst, ja. Diesmal stimmt’s.“ Und schaut wieder nach vorn.

Jens folgt ihren Augen.

„Ich habe nach ‚Paris bei Nacht‘ gesucht. Weißt du, ob’s die noch gibt?“

„Der Plattenspieler ist längst kaputt und weg.“

„Weg ist er nicht. Er war im Keller und ich habe ihn repariert.“

Franziska atmet tief und lehnt sich zurück.

Sie legt ihre Hand auf Susannes und reibt sie. Entschieden zieht Susanne ihre Hand weg, legt sie ihrerseits auf Franziskas, beklopft sie dreimal und lässt sie schwer darauf liegen. Jens muss lächeln. Das hat er auch schon erlebt.

„Et maintenant?“, sagt er leise singend wie Yves Montant, und als Franziska den Faden nicht aufnimmt, mit wagemutigem Vibrato: „Que vais je fai-re?“

„Du hast gut singen“, sagt Susanne streng, „aber was machen wir jetzt?“

Franziska lacht leicht bitterlich: „De tout ce temps.“

Jens schöpft Hoffnung: „Que sera ma vie.“

Ein schmaler Blick von Franziska schneidet ihm die Melodie ab.

„Musst du aufs Klo, Susanne?“ Franziska hat sich aufgerichtet und schaut Susanne etwas grimmig an. „Nein, leider nicht“, bekommt sie zur Antwort und Jens schafft es, nicht zu grinsen. Er steht auf.

„Sie war gerade.“

„Ach, mit dir?“

„Können wir mal in die Küche gehen?“, fragt Jens. Als Franziska sich nicht rührt, geht er zur Tür, dreht sich um, wartet.

„Gleich“, sagt Franziska, ohne ihn anzusehen, und streicht Susanne eine Haarsträhne aus der Stirn. Jens geht in die Küche. Auf die Bank, die ihm vertraut ist. Auf der er nicht unbedingt mehr an den Pflaumenkuchen denken muss, den er vor sechs Jahren hier gegessen hat. Anfangs schon. Als er vor vier Wochen das erste Mal seine Knie wieder am Tischbein vorbeigeschoben und angeschaut hat, was alles genauso geblieben ist in dieser Küche, da ist ihm ganz elend geworden und er hat gedacht, er muss weg.

Das hat sich gegeben. Inzwischen kennt er sich sogar in der Tischschublade aus. Die großen Messer sind drin und der Flaschenöffner. Wo überm Kühlschrank sein Nagel steckte, ist ein kleines Loch in der Wand. Demnächst wird er einen neuen einschlagen.

„Was willst du hier?“ Franziska zieht die Tür hinter sich zu, schiebt den Küchenstuhl an den Tisch, setzt sich ganz nah dran, ihre Unterarme liegen auf der Platte.

„Ich habe Susanne im Kleinen Stadtpark getroffen.“ So will er es mal anfangen.

„War Laura dabei? Oder eine von den Studentinnen?“

„Laura.“

Die Studentinnen gehen doch nie mit Susanne spazieren, denkt er, ob Franziska das gar nicht weiß?

„Laura“, sagt Franziska leise und ihre Augen werden schmal.

Jens zieht sich am Kinn. „Ja, Laura war dabei und wir kamen ins Gespräch. Ich habe sie überredet, dass ich Susanne mal besuchen kann, und sie hat gesehen, dass es okay ist.“

„Es ist also okay, findest du?“

„Laura hat mir ganz viel erklärt. Ich habe einiges nicht gewusst.“

„Mehr als einiges.“

„Kann schon sein, ja.“

Aber jetzt weiß er viel mehr, als Franziska ahnt. Es ist gut, dass er hier ist. Nicht nur für ihn.

„Es ist nichts mehr zu holen hier, das wirst du gesehen haben, oder?“

Er will doch gar nichts holen. Jens hebt sein Knie am Tischbein vorbei, steht auf und holt sich ein Bier aus dem Kühlschrank. „Darf ich mal?“ Er weist auf die Schublade. Franziska steht auf und lehnt sich an den Herd.

„Ich will hier nichts holen“, sagt er und setzt sich wieder hin.

„Was willst du dann?“

Jens nimmt einen kleinen Schluck vom Bier. Sie wird ihm nicht glauben. Sie hat ihm schon früher nichts geglaubt, und er hat sie dafür gehasst, obwohl sie damals recht dran tat. Aber heute ist es anders. Jens ist eng im Brustkorb, er wünscht sich Zeugen. Laura. Oder wenn Franziska ihn mit Susanne erlebte. Er könnte beteuern, dass es ihm leid tut, dass er nicht gut findet, was er damals gemacht hat, dass er versuchen will, es wiedergutzumachen. Aber sie würde ihm nicht glauben. Er könnte sagen, dass er Susanne mag, also gern hat. Richtig gern hat. Dass er sie liebt womöglich, nein, das wäre das Allerletzte, das könnte er nicht über die Lippen bringen. Lieben, mein Gott, muss er so gewaltige Wörter auffahren? Sie würde ihn ja auslachen.

„Willst du mich wieder rausschmeißen?“

„Am liebsten ja.“ Franziska nickt.

„Diesmal kannst du es nicht“, sagt er ihr geradewegs ins Gesicht, „weil ich bleibe.“

Es gibt lange nichts als herzklopfendes Schweigen in dieser Küche. Sein „Weil ich bleibe" hängt in der Luft und die Aussicht, dass er Susanne womöglich liebt, verwirrt ihn. Er streckt sich: „Susanne mag mich, ich kann mit ihr aufs Klo gehen und wir waren schon spazieren, was die Studentinnen nie machen. Wir lachen ganz oft. Ich kann ihr alte Geschichten erzählen und Lieder singen, die sie kennt. Es geht ihr gut mit mir. Und mir geht es gut. Ich komme gern her, es ist mir wichtig."

Franziskas Augen sind nicht freundlicher geworden, aber sie schaut ihn immerhin an.

„Ich hatte damals gedacht, es gibt nichts zu lachen mit Alzheimer. Gar nichts. Ich weiß nicht, was ich gedacht habe. Nur, dass es jetzt anders ist." Er stellt die Bierflasche fest in die Mitte des Tisches. „Außerdem hast du sowieso niemanden, der Markus ersetzt. Ich bin jetzt montags und donnerstags nachmittags da."

Franziska tritt zum Fenster und schaut lange hinaus ins Schwarz. Sie schiebt die Hände in die Manteltaschen. Jens findet ihr Haar weißer als das von Susanne und es glänzt ganz anders. Susannes Haare sind immer wild und stumpf.

„Ich wollte jetzt Abendbrot machen, isst du mit?" Jens Stimme ist milder geworden.

Franziska schüttelt den Kopf. Nach einer Weile dreht sie sich um und schaut ihm zu, wie er die Rinde von einer Brotscheibe schneidet und Butter drauf schmiert und Leberwurst. Er gießt heißes Wasser auf den Teebeutel und später kaltes dazu. Rührt einen Löffel Honig hinein und Franziska sagt immer noch nichts.

Sie ist nicht mehr im Mantel, als er das Tablett zurückbringt. Auf dem Tisch stehen der kleine Mörser und ein Eierbecher voll Joghurt. Franziska scheint Susannes Schlaftablette schon zerstoßen und das Pulver ins Joghurt gemischt zu haben.

„Kannst du jetzt bitte gehen?", fragt sie ihn.

„Franziska! Du kannst mich nicht einfach abschieben."

„Jetzt, meine ich. Es wäre nett, du ließest mich *jetzt* mit Susanne allein."

„Aber ich bringe sie immer zu Bett nach dem Abendbrot."

Franziska schließt kurz die Augen. „Ich bringe sie auch immer zu Bett nach dem Abendbrot."

Ein unschlüssiges Zögern lang steht er herum.

Montag kommt er wieder, das ist klar. Jetzt geht er.

Leise lässt Franziska die Schlafzimmertür ins Schloss sinken. Ihre Hand bleibt auf der Klinke liegen und sie lehnt die Stirn an das Holz, schließt die Augen. Durch die Wand, die den Flur von den Studentinnenzimmern trennt, tönt ein Scheppern und danach Gelächter. Franziska strafft sich und geht in die Küche. Sie lässt Spülwasser für zwei Tassen ins Becken und betrachtet den Schaum, der höher und höher steigt, bis er die Kante des Beckens erreicht, dann stellt sie das Wasser ab. Das warme Wasser an den Händen tut ihr gut.

Im Hängeschrank neben den Tassen liegen Susannes Medikamente. Die gegen Bluthochdruck und in einer kleineren Schachtel die Schlaftabletten. Diese Schachtel nimmt sie, öffnet sie langsam und zählt die Blister. Es sind noch vier.

Sie lässt das Wasser aus der Spüle, wischt gründlich alle Tropfen vom Chrom, reibt mit einem trockenen Tuch nach. Dann geht sie zum Kühlschrank, hebt prüfend die Milchpackung hoch, guckt ins Butterfach, das leer ist. „Butter" schreibt sie auf einen Zettel.

Wieder öffnet sie den Hängeschrank, nimmt die Blister aus der Schachtel und zählt zwölf Tabletten pro Streifen. Langsam lässt sie den Blick durch die Küche wandern.

Wie dürftig ihr die Einrichtung auf einmal erscheint! Alles abgegriffen, nichts ist neu und klebriger Staub liegt in den Regalen. Eine brandgefleckte Kuh ziert den wattierten Topflappen, der an der Herdtür hängt. Seit Ewigkeiten ist hier nicht gestrichen worden, Löcher sind im Putz, wo mal Nägel steckten.

Franziska ist zumute, als wache sie im Kino auf, der Film sei längst rum und vor ihr laufe zum x-ten Mal der Abspann: eine schäbige Küche, eine müde Frau, die die Wohnung verlässt und die lebenslange Bachstraße entlanggeht im Dunkeln.

Laura ist nicht überrascht, als Franziska in ihrer Wohnungstür steht. Auch nicht erfreut. Sie hat Franziska längst erwartet.

„Du weißt, warum ich komme?"

Laura weiß es. „Du wirst deinen Bruder entdeckt haben, nehme ich an." Sie hilft Franziska aus dem Mantel, was die sich gern gefallen lässt. Sie sieht aus, als braucht sie einen Schnaps, denkt Laura, und eine Freundin. Aber im Moment hat sie nichts da, nur Weihnachtsplätzchen und Kalle, der im Schein der Küchenlampe Sterne aussticht und Hi sagt.

„Ich komme ungelegen", sagt Franziska und versucht, Kalle anzugrinsen, der ihr eine bemehlte Hand entgegenstreckt.

„Gestern wäre blöder gewesen", sagt er, „da hatte ich Geburtstag."

„Oh, gratuliere!"

„Kommst du gerade von Susanne?" Laura hat ihr eine heiße Milch gegeben.

„Ja", sagt Franziska.

„Wir können vor Kalle ruhig sprechen, er weiß Bescheid."

„Ach so."

Franziska hebt die Tasse an die Lippen und betrachtet lange über ihren Rand hinweg den Jungen, wie er die Sterne aufs Blech hebt. Sie schweigt. Bis Laura es nicht mehr aushält:

„Oh, Franziska. Es tut mir so leid, bitte glaub' mir. Ich habe ihm gesagt, er soll sich gefälligst bei dir melden, er hatte so viel Schiss, du hast keine Ahnung."

„Betty sagt, er braucht Bestätigung", weiß Kalle und knetet die ausgestochenen Teigreste zusammen. Laura guckt ins Backrohr. Ihr Sohn ist ziemlich weit für sein Alter, das mag der anthroposophische Kindergarten schuld gewesen sein. Oder der häufige Umgang mit Betty.

„Ah, Betty ist also im Bilde!"

„Ja." Zu Betty ist Jens noch am selben Tag gegangen, an dem er Susanne zum ersten Mal besucht hat, aber so genau braucht Laura Franziska das nicht zu sagen.

„Dann wisst ihr vielleicht auch, was er eigentlich will?"

„Was er will?"

„Ja. Warum kommt er auf einmal wieder? Was hat ihn umgestimmt?"

Laura hat sich auch heiße Milch eingeschenkt und setzt sich zu Franziska an den Tisch.

„Ich kann es dir überhaupt nicht erklären", sagt sie. „Irgendwas ist in ihm durchgesickert, keine Ahnung. Aber er hat, glaube ich, keine schlechten Absichten mehr."

„Ich aber!" Franziska schnaubt durch die Nase. „Ich fange langsam an, schlechte Absichten zu haben."

Kalle hält inne mit dem Teigausrollen. In Laura erwacht auf einmal ein liebevolles Gefühl für Franziska. Ihr wird ganz warm im Gesicht.

„Wie meinst du das?"

„Ich kann nicht mehr. So meine ich das. Ich bin es schrecklich leid, und jetzt noch ein neues Kapitel. Ich will, dass es zu Ende ist. Von mir aus kann Jens alles machen. Soll er sich um alles kümmern, soll er die Studentinnen kontrollieren und einkaufen und die ewigen Formalitäten erledigen, ist doch alles sein Fortschritt, hat er doch gewollt. Ich kann nicht mehr. Und von mir aus kann Susanne auch sterben. Soll sie doch! Irgendwann reicht es auch mal."

Das hat Betty schon gewusst, denkt Kalle. Dass Franziska zusammenbricht, wenn sie erfährt, dass Jens wieder da ist. Betty ist verdammt klug.

Oh, verzeih, Susanne, denkt Franziska, der Tränen übers Gesicht laufen, verzeih, es ist mir so rausgerutscht, verzeih. Ich bin einfach so müde.

Ja, irgendwann reicht es natürlich, denkt Laura, zieht ein Blech Zimtsterne aus dem Ofen, ganz leicht gebräunt der Zuckerguss, und schiebt das nächste hinein.

2033

Als Anfang März endlich die letzten Spuren von Weihnachten aus dem Wohnzimmer verschwunden sind, Franziska die Engel in die Kiste und Jens die Kiste in den Keller gepackt hat, nimmt er sich die Fotoalben vor. Er will mit Susanne die losen Bilder aus den Schuhkartons einkleben, überall die Daten drunterschreiben und die Namen. Es ist ein hübsch langfristiges Unternehmen und passt zu Susannes Geschwindigkeit und dem zaghaften Frühling. Immer wieder mal klebt er ein paar alte Fotos neu fest, taucht mit Susanne in eine kleine Geschichte, und manchmal glaubt er ihr, wenn sie sagt, jaja, das waren noch Zeiten.

Heute gelingt es Jens allerdings gar nicht, ihre Aufmerksamkeit auf die Fotos zu lenken. Susanne steht immer wieder auf, schwankt zum Fenster, lugt am Vorhang vorbei.

„Das kann doch nicht alles sein!“, sagt sie und weist mit dem Stock rundherum im Wohnzimmer.

Jens will, dass sie endlich mal sitzen bleibt. „Guck her, hier bist du im Zoo.“ Er hält ihr vier Elefanten und eine kleine Menschenmenge vor die Augen. Im Stehen betrachtet Susanne das Bild.

„Willst du mal wieder hin?“

Jens traut seinen Ohren nicht: „In den Zoo? Willst du denn?“

„Ja, natürlich!“ Susanne hebt die Hände und die Augenbrauen, als präsentiere sie ihm ein verblüffend einfaches Ergebnis. Und Jens ist Jens genug, um sofort das Fotoalbum zuzuklappen. Ein Ja von Susanne lässt er nicht ungenutzt. Er bittet sie, zum Klo zu gehen, sucht derweil ihren Mantel und die Tasche mit dem Nötigsten und bestellt ein Taxi. Auch das Wetter spielt mit. Susanne strahlt. Wie gut, dass sie nicht mehr im Bademantel ist. Auf der Bluse sind Marmeladeflecken, das macht aber nichts, weil sie den Mantel drüber hat. Es geht los. „Wir lagen vor Madagaskar“, pfeift er und sie kichern beide, als es im Treppenhaus hallt.

Nachdem sie endlich die Treppen geschafft haben und Jens die schwere Haustür aufdrückt, dreht sich Susanne um. „Ach, lass uns gehen.“

„Aber wir gehen ja! Wir fangen gerade an zu gehen!"

„Nein, komm, wir gehen heim. Es reicht mir."

„Oh Himmel!" Jens nimmt sie energisch unter den Arm, „Hier geht's längs!", und verstellt ihr den Weg zurück in den Hausflur. Draußen hilft ihm das Glück: Das Taxi ist schon da. „Schau, das Taxi ist schon da!"

„Wie man sieht", sagt Susanne und steuert darauf zu.

Der Taxifahrer ist ausgestiegen und sein Gesicht bleibt stehen, als er die beiden mit kleinen Schritten nahen sieht. Er sagt kein Wort. Macht den Kofferraum auf und holt eine Plastikplane heraus, die er über den Beifahrersitz breitet. Dann setzt er sich wieder hinters Steuer und zündet sich eine Zigarette an. „Stinktier", denkt Jens und hilft Susanne auf den Vordersitz, hebt ihre Beine ins Auto. „Lass mal, das kann ich sehr gut alleine", hört er seine Schwester sagen, und nachdem er sie angeschnallt hat und sich auf die Rückbank schiebt, sieht er, wie sie dem Idioten ihr liebenswürdigstes Gesicht zuwendet: „Und? Wohin geht die Fahrt?"

Der schmeißt die Zigarette aus dem Fenster. „Zum Friedhof?" Man kann das Fragezeichen am Ende nicht gut vernehmen, und „Holdichdochder", entfährt es Jens, was den Taxifahrer sich langsam umdrehen lässt.

„Wollt ihr wieder aussteigen?"

„Zum Zoo", sagt Jens und legt Susanne die Hand auf die Schulter. Da lässt er sie während der ganzen Fahrt liegen und Susanne neigt hin und wieder ihren Kopf dagegen. „Schau nur", ruft sie, und dann richten sich ihr Kinn und ihre Begeisterung aus dem Fenster.

Als sie vor dem Zoo ausgestiegen sind, beugt sich Susanne noch mal, um „Auf Wiedersehen" in den Wagen zu nicken, und tappst dabei freundlich ans Fenster. Wie die Marmelade an ihre Hände gekommen ist, kann sich Jens nicht erklären, aber er ist hochzufrieden mit der Schmierspur an der Scheibe. Ohne sich umzudrehen, gehen sie aufrecht und in würdevoller Langsamkeit zum Zooeingang.

Sie kommen bis zur ersten Bank. „Lass uns wieder gehen“, sagt Susanne und sinkt zusammen. „Ach, komm, Susanne. Wir können ja eine Pause machen. Willst du was trinken? Warte hier, ich hole was.“ Jens würde am liebsten auch wieder nach Hause. Vorhin schien es ganz leicht, einen Ausflug in den Zoo zu machen, jetzt wird ihm angst. Er kauft Saft und Schokolade am Kiosk.

„Zu den Elefanten schaffen wir es, was meinst du?“

„Das schaffen wir schon.“

Die Elefanten sind das erste Gehege, der Weg ist geteert, und sie machen noch an zwei Bänken Station. Also schaffen sie es. Lehnen sich an das Geländer, dahinter der Graben, dahinter die Elefanten. Es sind wieder vier, wie auf dem Foto. Ein ganz kleiner ist dabei. „Der Jens“, sagt Susanne.

Jens legt den Arm um ihre Schultern und drückt sie kurz an sich. „Ich mache ein Foto“, sagt er und geht weit genug zurück, dass er die Elefanten auch alle draufkriegt. „Susanne!“, ruft er, „dreh dich mal um.“ Und da sie nicht gleich hört, wer da ruft und woher, guckt sie nach links, „Jens?“, und geht einen Schritt am Geländer entlang. „Hier, Susanne“, schreit Jens jetzt, „dreh dich mal um!“

Susanne dreht sich, eine Hand am Geländer. Der Stock in der linken, der ungewohnten Hand will nicht so, wie sie es will, klemmt zwischen ihren Füßen fest, sie strauchelt. „Susanne!“, eine halbe Drehung, ein kleiner Schrei, Jens ist schon bei ihr, blitzschnell, zu spät. Er kann nicht verhindern, dass ihr Kopf auf den Stein schlägt, entsetzlich laut hört er das Geräusch. Es blutet sofort.

Jens sieht, wie die Farbe aus Susannes Gesicht weicht, er hält sie ungelenk, sie liegt so krumm, ganz verdreht, Leute kommen herbei. „Susanne!“ Er hat das Handy noch in der Hand, mit dem er das Foto machen wollte, das Blut an seinen Fingern ist ihm egal, er beschmiert die Tasten, als er Notruf drückt, das rote Kreuz, er braucht einen Arzt. „Ein Notfall!“, ruft er hinein, „meine Schwester ist gestürzt, im Zoo. – Ja, im Zoo, bei den Elefanten. – Sie ist bewusstlos.“ Und wischt ihr mit einem Taschentuch das Blut aus den Augenwinkeln, es will gar nicht aufhören zu bluten, und hält ihren Kopf, versucht, ihn in seine Armbeuge zu betten, er heult. „Susanne, kannst du mich hören?", ruft er, als sie die Augen aufschlägt. Sie sagt nichts, Jens findet ihren Puls, spürt, wie der schwächer wird. Susanne ist wieder bewusstlos, als die Sanitäter und die Ärztin eintreffen.

Die tun erst mal fast beleidigt, dass die Schwester kein Kind ist, im Zoo, bei den Elefanten, aber sie wissen auch bei alten Menschen eine Wunde zu stillen, einen Kopfverband anzulegen. Sie finden den Puls und kneifen ihr in die Nase, dass sie zu sich kommt. „Susanne?", ruft Jens, aber sie scheint gar nichts zu sehen, ihre Augen geistern herum, ihre Lippen kleben wie ein Strich zusammen und Jens hat Angst. Die Sanitäter erheben sich, als ob sie fertig wären, und treten zur Seite.

„Sie müsste untersucht werden", sagt nun die Ärztin. Jens richtet sich auf.

„Ja, selbstverständlich", sagt er. Was zögert die noch?

„Ihre Schwester ist offensichtlich über 75?"

„Ja." Jens kriegt seine Gedanken nicht zur Antwort. „Ja, ja."

„Kann sie das Krankenhaus bezahlen?"

Jens starrt die Frau an. Er sieht eine freundliche kleine Nase und möchte, dass sie jetzt tut, was zu tun ist. Die Bezahlung. Das weiß er doch nicht. Doch, klar weiß er das, Susanne hat kein Geld.

„Was wird es kosten?"

„Das kommt schon ganz drauf an. Wir können ja nicht von außen sehen, was ihr fehlt. Vielleicht hat sie nichts. Womöglich ist was gebrochen. Vielleicht hat sie innere Blutungen, das kann man nur im Krankenhaus feststellen."

„Dann muss sie eben ins Krankenhaus gebracht werden."

„Ist die Bezahlung für Transport und Untersuchung gesichert?" Die Ärztin verdreht tatsächlich die Augen.

„Heiland, das kann doch nicht die Welt kosten. Ja, es wird bezahlt." Unwirsch sagt er das, belästigt. Darum geht es doch jetzt gar nicht.

„Dann bitte Ihre Scheckkarte."

„Im Voraus?“

„Ja, ist so üblich.“ Jens zieht die Karte aus dem Etui, ein Sanitäter hält schon das Lesegerät bereit, im Nu hat er einen Abbuchungsbeleg in der Hand. 500 und etwas.

Nun kommt wieder Leben in die Sanitäter. Mit großer Vorsicht heben sie Susanne auf eine Trage, doch sie schreit bei der geringsten Berührung auf. Die Blicke, die sich die Sanitäter zuwerfen, entgehen Jens nicht, was haben die sich da mitzuteilen? Er stört sie, weil er Susannes Hand halten will, und muss im Krankenwagen unbedingt, obwohl die Ärztin bei Susanne ist, neben der Trage sitzen. „Susanne?“ Sie hört ihn, ihre Augen wandern in seine. „Wird schon wieder, hörst du? Ich bleibe bei dir.“ Und er will ein kleines Lächeln gesehen haben, obwohl der dicke Verband im Grunde keine Mimik zulässt. Als die Ärztin eine Spritze auspackt, erbleicht er: „Was machen Sie da?“, und atmet tief aus, als es gegen die Schmerzen sein soll. Er hält Susannes Hand vorsichtig fest. Beobachtet ihren Brustkorb, wie er ganz schwach, aber regelmäßig auf und ab geht.

Bei der Untersuchung kann er nicht anwesend sein. „Wir tun Ihrer Schwester schon nichts!“, bekommt er schroff zu hören und wird in einen Warteraum geschoben. Es dauert. Jens läuft zwischen gelben Wänden hin und her, vom Fenster zum Tischchen und zurück. Er sollte etwas tun, er muss auf jeden Fall Franziska anrufen, er kann aber nur fortwährend bis zum Fenster gehen und zurück bis zum Tischchen mit Broschüren und wieder zum Fenster. Immer noch sieht er das ganz kleine Auf und Ab von Susannes Oberkörper, er kann sich nicht trennen von dem Bild. Endlich kratzt er das Blut von seinem Handy und wählt Franziskas Nummer. Als sich ihr Anrufbeantworter gerade einschaltet, erscheint ein junger Arzt im Warteraum, er ist viel zu ernst. Erschrocken lässt Jens das Handy sinken.

Eine Gehirnerschütterung hat Susanne und eine Oberschenkelhalsfraktur, womöglich mit inneren Blutungen.

„Was heißt das?", fragt Jens und hört eine Erklärung von Osteoporose und Gelenkpfanne und Gefäßverletzung, das interessiert ihn nicht, was heißt das jetzt, will er wissen, kann man was machen?

„Die Gehirnerschütterung ist nur leicht, sie bräuchte Bettruhe. Aber die Fraktur müsste bald operiert werden."

„Ja, gut."

„Sind Sie sich darüber im Klaren, dass das eine teure Operation ist?"

Jens ist sich über nichts im Klaren. Nicht im Moment. Er möchte, dass Susanne wieder nach Hause kommt und es ihr gut geht, und in den Zoo würden sie eben nicht mehr gehen. Er würde ihr alle Fotos einkleben und immer vorlesen, was er drunterschreibt.

„Es müsste vorher geklärt sein, wissen Sie", holt ihn der junge Mann geduldig zurück in den Warteraum.

„Was wird es kosten?"

Der Arzt seufzt. „Genau kann man das unmöglich vorher sagen, es könnte natürlich Komplikationen geben."

„Ungefähr?"

„Vielleicht 12, vielleicht 15 Tausend", sagt er, „aber ich kann es wirklich eigentlich nicht sagen."

„Oh Gott, das ist viel!", murmelt Jens. „Das muss ich überlegen." Er sieht zu dem Gesicht auf und möchte plötzlich weinen, weil dieser Mensch so freundlich aussieht. „Bitte, habe ich einen Moment Zeit, um zu überlegen?" Eine große Welle Hoffnungslosigkeit steigt in ihm hoch, und es klingt flehentlich: "Bitte, einen Moment?" Ach, wenn ihn der Mann jetzt in den Arm nähme! Löwenherz, denkt Jens verzweifelt und umklammert das Handy in seiner Faust.

„Ja, überlegen Sie es sich. Ich komme in einer Viertelstunde wieder. Wenn, dann sollte, wie gesagt, bald operiert werden."

Er ruft Laura an. Sie kommt sofort, sagt sie, und legt auf.

Jens steht hilflos. Unter Franziskas Nummer springt immer noch der AB an. Betty nimmt ab. Sie hört zum Glück erst mal zu.

„Was soll ich machen, Betty? Soll ich zustimmen, dass sie operiert wird?"

Lange antwortet sie nicht, Jens hört sie atmen. Sie könnte so weiteratmen, mehr will er gar nicht.

„Ich kann dir nichts raten, Junge", sagt sie dann leise. „So oder so, einen Rat kann man nicht geben."

Der junge Arzt betritt den Raum wieder: „Haben Sie sich entschieden?"

„Wenn Sie nicht operieren", Jens schluckt, „muss sie dann sterben?"

„Womöglich gibt es innere Blutungen, die zu einer fulminanten Lungenembolie und wahrscheinlich zum Tod führen. Sollte das nicht der Fall sein, könnte ihre Schwester das Bein jedenfalls nicht mehr belasten und hätte unentwegt größte Schmerzen."

Eine Weile schauen sich die beiden Männer in die Augen, als müssten sie noch herausfinden, ob sie Komplizen oder Gegner sind.

„Wir würden Ihrer Schwester das natürlich ersparen."

Jens nickt, schüttelt den Kopf.

„Es geht sehr schnell", sagt der junge Mann leise und schiebt sorgsam eine Broschüre auf dem Tisch gerade. „Es ist sehr friedlich, wissen Sie. Die Menschen haben einen sehr friedlichen … einen sehr friedlichen Gesichtsausdruck."

Er schaut Jens an. „Sie wissen, was ich meine?"

Jens weiß seit zehn Jahren, was er da meint, der junge Arzt, aber das hat so gar nichts mit ihm hier zu tun, nichts mit Susanne, mit der er soeben bei den Elefanten war. Die dem Taxifahrer Marmelade ans Fenster geschmiert hat. Und Jens sieht auf einmal, er weiß nicht warum, den tiefen Teller mit Kartoffeln und Quark vor sich und Susannes ungeschickte Gabel, die endlos geduldig versucht, mit der aufgespießten Kartoffel Quark zu erwischen. Er putzt sich die Nase.

„Ist die Operation kompliziert?"

„Nein, Routine." Etwas scheint leicht zu sein in dem ganzen Chaos, Jens richtet sich auf.

„Sind Sie der Operateur?"

„Ja."

Jens spürt auf einmal, wie er in der nächsten Sekunde sagen wird, dass er die Operation will. Es ist high, es ist gut, Peter fällt ihm plötzlich ein.

„Ich möchte, dass das Nötige gemacht wird."

„Also die Operation?"

„Ja." Jens steht wie eine Eins.

„10 Tausend müssen im Voraus bezahlt werden, der Rest wird später abgebucht."

„Im Moment habe ich noch nicht so viel Geld. Aber ich werde demnächst 75, dann bekomme ich die Abfindung."

Für Formalitäten ist der Arzt nicht zuständig, er zeigt Jens den Weg zur Verwaltung.

„Wann werden Sie 75?" Die Frau in der Verwaltung hat graue Haare und trägt eine Brille, das nimmt Jens mit Erleichterung zur Kenntnis.

„Am 1. Oktober."

„Dieses Jahr?"

„Ja."

Die Frau heißt Schwark-Liesacker, Jens hat Zeit, ihren Namen auf dem kleinen Pultschild zu betrachten, während sie den Vorgang „Susanne Helbrich" auf ihren Bildschirm holt und Jens dabei aufklärt.

„Das Krankenhaus vergibt Hypotheken auf zukünftige Abfindungen, wenn sich der Zahlungspflichtige einem Gesundheitscheck unterzogen hat und das Resultat positiv ist. Das heißt, es muss in hohem Maße wahrscheinlich sein, dass er seine Abfindung auch erlebt."

Ihre Augenbrauen sind die ganze Zeit schon oben, die Augen heben sich jetzt über den Brillenrand. „Sie müssen sich von Kopf bis Fuß untersuchen lassen. Diese Untersuchung ist unabhängig von ihrem Ausgang kostenpflichtig."

Jens braucht nicht zu überlegen, er hat's entschieden.

„Wenn der Zahlungspflichtige sich als gesund erwiesen hat, wird taggenau der Zins ausgerechnet. Das Risiko, dass er trotz stabiler Gesundheit vorher stirbt, ist unversicherbar und wird vom

Krankenhaus allein getragen. Um diese Kosten zu decken, wird eine Tagesgebühr erhoben für jeden Tag, den der Zahlungspflichtige von seinem 75. Geburtstag entfernt ist. Das macht in Ihrem Fall …“, Frau Schwark-Liesacker tippt mit Schwung auf eine letzte Taste und hebt das Kinn, „9 Tausend 400, die zu den Krankenhauskosten von Frau Helbrich hinzukommen.“

Jens guckt sie an.

„Haben Sie es verstanden?“

„Eine Art Risikoausgleich“, murmelt Jens.

„Genau. Sie sind also einverstanden?

„Ja.“

Eine weitere Taste, und der Drucker summt leise.

„Sie müssen hier unterschreiben“, sagt Frau Schwark-Liesacker und legt die beiden Formulare auf den Tisch.

„Wo?“

Sie macht ein Kreuz auf dem ersten Blatt unten, eins auf dem zweiten Blatt unten.

Jens Ferdinand Loewe, geboren am 1.10.1958, hat am 28. März 2033, mittags um 13:45 h, einen Puls von 72, einen Blutdruck von 145/80 und sein Blutzucker beträgt 92 mg/dl. Es wird ein Belastungs-EKG gemacht und eine ausführliche Anamnese, dann wartet er eine Stunde in einem blauen Flur, bevor seine Lunge geröntgt wird. Er fragt den Pfleger, der ihn zum Ultraschall bringt, ob man denn so viel Zeit vergeuden könne, seine Schwester müsse dringend operiert werden. Aber der Pfleger weiß überhaupt nichts von einer Susanne Helbrich und sagt, es dauere so lange, wie es dauere. Sein Bauch wird geschallt, dann sein Herz. Er sitzt eine weitere halbe Stunde vor einer Tür, über der ein orangenes Licht mal leuchtet und mal nicht, bis er hört, die Untersuchung sei abgeschlossen, er müsse nun auf die Ergebnisse warten.

Er ist todmüde. Auf dem langen Weg zurück zum Warteraum merkt er, wie schwer er atmet, wie weh seine Knie tun. Es wunderte ihn nicht, wenn sie ihn nicht für lebendig genug befänden. Und dann? Ein Schwindel streift ihn, nebelig und flügelleicht.

Laura ist da. Wie eine Erinnerung an einen Traum kommt sie ihm vor, vor dem kleinen Tischchen sitzend, mit den Broschüren, die der junge Arzt vor Zeiten hin und her geschoben hat. Jens lässt sich neben sie auf einen Stuhl sinken. Ihre Fragen zu beantworten, fällt schrecklich schwer. Was passiert ist und was er in die Wege geleitet hat. Mit unbewegtem Gesicht hört Laura ihm zu. Sie nickt manchmal.

Als eine Krankenschwester seine Untersuchungsergebnisse bringt, steht Laura auf und guckt aus dem Fenster, bis Jens neben sie tritt. Er hat stabile Lebensaussichten auf mindestens das erforderliche nächste halbe Jahr. Susanne ist bereits im OP. Okay, sagt Laura langsam. Und ob er nicht nach Hause gehen wolle, fragt sie. Sie könne hier warten, bis die Operation vorbei sei. Nein, er möchte bleiben. Ganz gern allein. „Gut“, sagt Laura, „du rufst an, wenn was ist.“

Das tut er abends um neun: Die Operation ist glücklich verlaufen. Susanne schläft.

Er nimmt ein Taxi heim.

Susanne Helbrich, geb. 18.12.1951, Oberschenkelhalsfraktur
wird am 28.03.33, 21:15 h nach komplikationslosem OP-Verlauf stabil auf Überwachungsstation verlegt. Patientin schläft. Drei Kontrollen ohne Auffälligkeiten. Um 4:30 h tritt akute Atemnot auf, Blaufärbung der Lippen.
Puls 124, RR 75/50. Atemstillstand.
Es erfolgt sofortige Reanimation, 20 Minuten ohne Erfolg.
5:05 h: Reanimation abgebrochen.

Epilog

Im Kleinen Stadtpark blüht nichts. Anfang Mai, die Abende sind schon hell, aber noch kühl. Jens sitzt auf seiner Parkbank und vermisst eine Zeitung, die er sich unter den Po schieben könnte.

Er war in der Wohnung.

Der Kühlschrank war ausgeschaltet und leer, Franziska muss dagewesen sein. Die Fotos lagen noch im Wohnzimmer.

In der Küche hat er das Fenster aufgemacht, seine Knie um die Tischbeine sortiert und ein lauwarmes Bier getrunken.

Die Küchenuhr fand er laut. Trotzdem war es sehr still. Er hat ziemlich lange so dagesessen. Dann hat er das Vertiko, das im Flur vor der Zwischenwand stand, beiseitegeschoben. Und mit dem Flaschenöffner vom Taschenmesser ein Stückchen Tapete abgekratzt und Putz. Dahinter kamen rote Ziegelsteine zum Vorschein.

Dann hat er die Fotos in den Karton zurückgepackt und den Karton ins untere Fach vom Wohnzimmerschrank gestellt und das Küchenfenster wieder zugemacht.

Der Abendhimmel über den Stadtparkbäumen ist immer noch hell. Jens ballt seine Hände zu Fäusten und öffnet sie wieder. Ein paar Mal.

Morgen wird er einen Vorschlaghammer besorgen.

„Und warum nicht?"

Laura reibt das Warumnicht ihres Sohnes mit dem Geschirrtuch in die Salatschüssel, sie dreht sich nicht um. Sie wollte längst fertig sein mit dem Abwasch. Warum nicht? Die intensive Anteilnahme dieses vorpubertären Jungen an ihren Privatangelegenheiten geht ihr heute auf die Nerven.

„Jens kann doch nichts dazu, dass Susanne hingefallen ist!" Er lässt nicht locker.

„Nein, natürlich nicht", antwortet sie. „Ich mache ihm ja auch keinen Vorwurf."

„Aber weshalb hilfst du ihm dann nicht?“

Die Wand einzureißen. Vor einer halben Stunde war Jens in den Abendabwasch geplatzt mit dieser abstrusen Idee. Die Studentinnen würden ja nun ausziehen und die Wohnung sei doch amputiert mit dem halben Flur. Ob sie ihm helfe, die Wand einzureißen. Stemmeisen, Hammer, Säcke, Eimer, alles habe er schon in die Bachstraße getragen. Saß da ganz jugendlich in abgewetzter Jeans und sowas wie Turnschuhen. Laura hat gar nicht gescheit zuhören mögen, wie er den Abriss bewerkstelligen will. Morgen Nachmittag um drei, sagte er.

Sie stellt die flachen Teller in den Schrank, die Tassen, auch noch die Salatschüssel, bevor sie antwortet: „Er kann das allein. Und es ist seine Wohnung. Seine und Franziskas Wohnung, und den Markus gibt es auch noch, was werde ich mich da reinhängen!“

„Er fragte bloß, ob du ihm hilfst, und du hast ihn total abblitzen lassen.“

„Außerdem weiß ich nicht, was er vorhat. Vermieten will er sie nicht sofort. Hast du ja gehört. Fünf Zimmer, was will er damit?“

„Das ist doch nicht so wichtig. Er hat dir auch manchmal geholfen, ohne viel zu fragen.“

„Die Küchenmesser schleifen!“

„Und die Parkbank hat er repariert!“

Die Gabeln scheppern ins Besteckfach. „Darum hatte ich ihn nicht gebeten. Außerdem, was weißt du davon?“

„Er hat es mir erzählt.“

„Wann das denn?“

„Als ich ihn mal um eine Säge bat.“

„Um eine Säge. Na, warum hilfst du ihm dann nicht? Stark genug, den Dreck runterzutragen, bist du unbedingt. Garantiert freut er sich!“

„Mach' ich auch.“

Laura ist's einerlei.

„Nimm die Schlüsselkarte mit. Vielleicht brauchst du sie ja, und du kannst sie Jens bei der Gelegenheit zurückgeben.“

„Warum sollte sie dir helfen?“

Statt wie geplant in die Bachstraße zu gehen, hat Jens sich am nächsten Tag bei Betty eingefunden. Sie sitzt an ihrem Küchentisch, mit Susannes karierter Decke über den Schultern. Franziska muss sie ihr geschenkt haben, denkt Jens, das ging ja schnell.

„Warum nicht? Wir haben uns schließlich in den letzten Wochen oft geholfen.“

Ob sie mit ihm die Mauer im Flur einreißt, hat er Laura doch nur gefragt. Nicht, ob sie und Kalle mit ihm in die Wohnung ziehen wollen, und auch, dass er an Betty gedacht hat, hat er mit keinem Wort erwähnt. Was sie alles sparen könnten! Lauras Miete, und Betty könnte ihre Eigentumswohnung verkaufen, er würde das schon machen.

Mit den Fingerkuppen fährt er über die dicken Venen auf seinem Handrücken. Er hat Kraft in seinen Händen, das hat er gestern wieder gespürt, als er das Werkzeug in den zweiten Stock getragen hat. Wenn er auch dreimal hat gehen müssen. Er freut sich auf das Schwingen des schweren Hammers gegen die Wand. Auf das erste rote Stück Ziegelstein, das davonfliegt. Und auf die ganze Länge des Flurs.

„Sie wird denken, du heuerst sie schon als Altenpflegerin an.“

Sein Zeigefinger bleibt auf dem braunen Fleck am Handgelenk liegen. Als Altenpflegerin anheuern. So ein Quatsch!

Bettys Hände liegen auf der Tischplatte. Ihre Finger sind knochig und dünn und Jens spürt die Kühle, die in Susannes Händen war. Susannes Hände hat er manchmal in seine genommen. Kleine Vögel.

Dreimal hat er die Treppen gehen müssen mit dem schweren Hammer und den Eimern und der Dreckschaufel. Und nachdem er schon alles vorbereitet hatte, sogar ein altes Laken ausgebreitet wegen des Drecks, da hat er den Hammer in der Hand gehalten und sich nicht getraut, loszulegen, allein.

„Als Altenpflegerin?“, sagt er und schaut hoch.

„Was ja keine schlechte Idee ist.“ Betty sieht zahnlos immer so aus, als lächelte sie, deshalb muss Jens genau hinschauen, wie ihr Gesicht jetzt gemeint ist. Ja, sie grinst. „Eine Mehr-Generationen-WG, warum nicht.“ Sie zieht sich die Decke über den Schultern zurecht, umständlich, und es will nicht gelingen. Jens steht auf, tritt hinter sie, drapiert das Wolltuch ordentlich um Hals und Schultern. Diese mageren. Er spürt ihre Knochen sogar durch die Decke. Einen kleinen Moment lässt er seine Hände dort liegen.

„Wirklich keine schlechte Idee“, wiederholt Betty.

Auf einmal hört Kalle jemanden am Schloss und da steht Philip im Türrahmen. Ein Glück, obwohl Kalle Philip nicht sehr mag. Aber er war schon drauf und dran zu gehen. Seit einer Stunde wartet er in dieser toten Wohnung auf Jens und das Ticken der Küchenuhr ist ihm langsam unheimlich.

„Kommst du auch zum Helfen?“, fragt er Philip. Der scheint jedoch keine Ahnung zu haben, was hier los ist, und macht große Augen angesichts der Baustelle, die sich ihm bietet: Auf dem Flur ist ein Bettlaken ausgebreitet, ein mordsmäßiger Hammer und eine Eisenstange liegen darauf, Eimer. Ein Schränkchen steht vor der Tür zu Susannes Schlafzimmer.

„Wir wollen die Wand zu den Studentinnen einreißen“, erklärt Kalle, „Jens und ich“.

„Mit dem Hammer da?“

„Ja.“

„Und wo ist Jens?“

„Hm, weiß nicht. Er wird bald kommen.“

Kalle fühlt sich plötzlich wieder stark. Richtig helfen wird Philip nicht können, aber er kann zugucken. Und es ist nicht mehr so still hier. Mit Philip schafft Kalle es allein.

„Weshalb bist du denn gekommen?“, fragt er ihn.

„Franziska hat gesagt, dass ich mir die grünen Kegel holen kann. Sie sagt, das meiste hier wird sowieso weggeschmissen.“

„Wenn du Lust hast, kannst du mir helfen!“

Eine Mauer einreißen! Den Hammer gegen die Wand donnern. So fest man nur kann. Ihn über den Kopf zu heben, schafft Kalle nicht, aber seitlich mit Schwung. Mit aller Wucht. Tatsächlich bricht ein Stück roten Ziegelsteins aus der Wand. Bitte schön! Und roter Dreck rieselt aufs Laken, es geht richtig los. Noch ein Schlag, man spürt es zittern in den Füßen, Philip will auch, aber er kriegt den Hammer kaum hochgehoben. Sie suchen in der Küche nach einem kleinen. Mit dem schafft auch er eine Menge roten Rieseldreck aus dem Loch. Man kann die Hohlräume in den Ziegelsteinen sehen. Abwechselnd hat jeder zwanzig Schläge. Dann legen sie Brocken, die größer als Dreck sind, in einen Eimer.

Es macht Spaß, es ist ernst und sie reden nicht viel.

Als sehr spät am Abend Jens in die Bachstraße 7 kommt, sieht er gleich den Ziegelstaub auf dem Laken und ein Loch in der Wand, groß genug für ein Kind, um durchzuschlupfen.

Klein genug, um es leicht wieder zuzumauern.

Er nimmt den schweren Hammer, wiegt ihn in der Hand. Wiegt ihn in beiden Händen. Schwingt ihn. Stärkt seine Fäuste und schmettert ihn gegen die Wand. Und wieder.

Bis das Loch so groß ist, dass auch ein etwas alter Mann durchkommt.